W I N G S ・ N O V E L

椅子職人ヴィクトール＆杏の怪奇録⑦

君のための、恋するアンティーク

糸森 環
Tamaki ITOMORI

新書館ウィングス文庫

S H I N S H O K A N

君のための、恋するアンティーク　椅子職人ヴィクトール&杏の怪奇録⑦　目次

椅子職人ヴィクトール＆杏の怪奇録

登場人物紹介

小椋健司
おぐら・けんじ

椅子工房「柘倉《つくら》」及び「TSUKURA」の工房長。霊感体質。

高田 杏
たかだ・あん

椅子工房「柘倉《つくら》」及び「TSUKURA」の両店舗でバイトをする高校生。霊感体質。

島野雪路
しまの・ゆきじ

椅子工房「柘倉《つくら》」及び「TSUKURA」の職人見習い。杏とは高校の同級生。霊感体質。

星川 仁
ほしかわ・じん

家具工房「MUKUDORI」のオーナー。ヴィクトールの友人で、よく厄介ごとを押し付けてくる。

室井武史
むろい・たけし
椅子工房「柘倉《つくら》」及び「TSUKURA」の職人で、工房長の弟子。霊感体質。
ヴィクトール・類・エルウッド
ゔぃくとーる・るい・えるうっど
椅子工房「柘倉《つくら》」及び「TSUKURA」のオーナー兼職人。霊を感じ取れるようになりつつある。

イラストレーション◆冬臣

君のための、恋するアンティーク

1

十二月は、心が躍《おど》る。

この季節の目玉と言えばクリスマス。町全体が華《はな》やいで、どこか浮《うわ》ついた空気を漂《ただよ》わせる。商店街の街路樹も雪の冠《かんむり》を載せ、電飾のドレスをまとってぴかぴかと輝く。

来年度はいよいよもって本格的に受験勉強に集中しなくてはならない。無事に大学入試を終えるまで、今回のクリスマスが心置きなく楽しめる最後のイベントとなるだろう。いや、考えが甘すぎるか。クリスマスだなんて浮かれずに、冬休み返上で受験勉強に励《はげ》むのが正しい高校二年生の在《あ》り方かもしれない。

(やっと学びたいことが決まって、志望大学を絞《しぼ》ることができたばかり……って、決断が遅すぎる)

高田杏《たかだあん》は、自分のスロースタート振りに顔をしかめながら、バイト先の店に急いだ。

本日は土曜日。午前からフルタイムで働く予定だ。

杏のバイト先の「ツクラ」は、椅子を専門に取り扱《あつか》っている。異国情緒《じょうちょ》の漂う赤煉瓦倉庫の店は、ちらちらと粉雪の舞う中で見ると、普段以上に風情《ふぜい》があるように思える。

入り口のシャッターを開けて店に入り、バックルームでぱぱっと店の制服に着替えたのち、杏はまずカウンター横に置かれているベントウッドチェアに猫缶をお供《そな》えした。

次に、入り口の横の壁に、まるで「いい香りのするサシェですよ」とでもいうような、澄ました雰囲気で吊《つ》り下《さ》げられているお守りと塩袋に異変が起きていないことをチェックする。その後は掃除だ。

(ヴィクトールさんたち、私が期末テスト期間に休みをもらっていた間、ずっとお店を閉めていたな)

気温差が激しくなると、木製品はダメージを受ける。座面等のパーツの破損防止のために店内の温度はちゃんと一定に保っていたようだが、どことなく空気がこもっているのがわかる。

人の出入りが少ない場所の、空気の匂《にお》いは独特だ。それでも最低限の掃除は行っていたのだろう。商品の上にもカウンターにも埃《ほこり》は溜《た》まっていない。

まあ、そのあたりは想定内だ。

杏は、アンティークチェアを専門にしている「TSUKURA」側の一階の床にモップをかけ終えると、階段、スキップフロアの清掃《せいそう》に移った。それから内部ドアを通って、オリジナルチェア専門の「柘倉《つくら》」側に移動する。

この店は、アンティーク商品とオリジナル商品で、フロアを完全にわけている。

「柘倉」側の床にも同じようにモップを走らせる。床を綺麗にしたあとは、商品や棚にぱたぱたとハタキをかけて回る。カウンターや扉は水拭《みずぶ》き。それにしても、バイトを始めるようになって掃除スキルは以前よりぐっと上がったはずなのに、どうして肝心《かんじん》の自室ではその能力が発《はっ》揮《き》されないのだろうか。

ルーティンと化した掃除の次は、備品のチェックだ。フリーペーパーやカードなどをラックに補充し、客用のドリンク類も不足がないか確認する。

細々とした作業と業務日誌の確認を終えれば、開店十分前のところまで迫《せま》っていた。

杏は慌てて日誌をカウンターの内側の引き出しにしまい、車で二分の距離にある工房に電話を入れて、レジのおつりの受け渡しを頼んだ。電話の応対をしてくれたのは見習い職人でもあり杏の同級生でもある島野雪路《しまのゆきじ》で、「ちょっと話があるんで、今からそっちに行く」と言った。

開店は少しくらい遅らせてもかまわないとのことで、杏は首を傾《かし》げた。

単なる雑談目的でこちらに来るわけではないだろう。テスト休み期間に、工房のほうでなにかあったのだろうか。

通話後、杏は一度バックルームに戻った。とりあえず雪路が来るまで仕事をしよう。

ロッカーの下に置きっ放しの『鉢植《はちう》え』から目を逸《そ》らし、自分のトートバッグの中に手を突っ込んで、すっ……とイルミネーションライトを取り出す。両腕にそれを抱《かか》えて店の外に出たあと、ドア上部の枠《わく》に引っかけて電源を入れる。点滅するイルミネーションに、杏は満足した。

一応はこの店も、「やってますよ、クリスマス」という顔をしておかねば。季節感を出すことも大事。

（でも装飾品が足りなかったかな。次のバイト時にはリーフやツリーボールも持ってこよう）

二つの出入り口のドアを飾っただけで、イルミネーションライトを使い果たしてしまったから、これももう少し用意したほうがよさそうだ。それに、店内用の装飾も必要になる。内も外もびっかびかに飾り立てねば、クリスマスではない。

杏がカウンターの椅子に腰掛けて、「次に持ってくるものリスト」をスマホのメモ帳に打ち込んでいると、ボアのジャケットの下にカーキ色のつなぎ服を着た雪路がやってきた。

「おはよ」と言うと、雪路は、立ち上がった杏とは逆に、隣の席に腰を下ろした。肩に引っかけていたネイビーカラーのナイロン製のバッグは、反対側の席に置く。その様子を見てから、杏も席に座り直した。

少し前までの雪路は、顔立ちは整っているはずなのに、なぜか、「絶対に近づきたくないしお友達にもなりたくないヤバそうな少年」と酷評《こくひょう》したくなるほど、黒々しい雰囲気を醸《かも》し出《だ》していた。ところが今は、「好青年に生まれ変わった元極悪ヤンキー」とでもいうように棘《とげ》が抜け、爽《さわ》やかな印象に変わりつつある。

「外、さっむ。もうこれ、気温氷点下なんじゃね？」

雪路がだらしなくカウンターに肘《ひじ》をついてぼやく。

「温かい飲み物でも淹《い》れようか？」

「いんや、平気。このあと、杏を連れてヴィクトールを捕らえに行かなきゃならねえし」

杏は、もう一度立ち上がろうとして、動きを止めた。

「ヴィクトールさんを？　私を連れて？　……もしかして、話があるっていうのは、ヴィクトールさん関係？」

杏が自分を指差して尋ねると、「当然だろ」という凪《な》いだ視線が返ってきた。

「……ヴィクトールさんの罪状は？　というかヴィクトールさんは、今日はまだ工房に来ていないの？」

「罪状は、いつもの人類嫌いこじらせ罪《ざい》。自宅に引きこもってさ、この数日は工房どころか店にも出てこない。あいつも俺らのテスト期間中に休みを取って、海外に行っていたんだって。さっき工房で小椋《おぐら》さんからそう聞いたんだ」

「海外？　旅行で？　ヴィクトールさんが？　あっ、もしかして椅子の買い付けに行ったとか？」

矢継ぎ早に質問する杏に、「どうどう」というように両手を動かすと、雪路は座ったばかりの席から立ち上がった。ナイロンバッグを片手で持ち上げ、肩に引っかける。

「小椋さんから、外に出る許可はもらってる。ほら、杏も早くコート着てこいよ。外、マジで寒いぞ」

私が同行することは決定済みなのか……と思いながらも、杏は言われた通りにバックルームに駆け込み、店の制服の上にコートを羽織った。

すぐに店に戻るのなら、私服に着替えずともいいだろう。雪路も作業着のままだ。

雪路は先に店の外に出ていて、ぼんやりと空を見上げて杏を待っていた。

「ヴィクトールさんの家って、お店から近いの？」

店のドアを施錠《せじょう》し、シャッターを下ろしながら杏は尋ねた。

ガラガラというシャッターの音が、静寂の中に響き渡る。遠くで烏《からす》が鳴いた。

「あー…、歩いて十五分くらい？　かかるかも。工房からのほうが近いかな」

ということは、観光客で賑《にぎ》わう港側や商店街側ではなくて人工林寄りの場所……住宅が点在する閑静《かんせい》な区域のほうだろうか。

「ヴィクトールに何度もメッセージを送ってんのに、返事寄越さねえし。小椋さんが電話をかけても出ねえって」

雪路は、一滴分の心配を混ぜたような、腹立たしげな表情で文句を言った。

「それで直接様子を見に行くことに……」

杏は納得した。ヴィクトールは少々、いやかなり癖《くせ》のある人物だ。職人たち全員が彼の性格を知っている。連絡が取れない状態で放っておくこともできず、フットワークが軽くて一番若い雪路が訪問することになったのだろう。

（ヴィクトールさんの家庭事情って、なにも知らないなあ）

杏は、雪路の隣を歩きながら考え込んだ。今からヴィクトールの家に向かうというが、以前からの知り合いである雪路だけならともかく、自分までもが許可なく訪問して大丈夫だろうか。そもそもヴィクトールは一人暮らしなのか、家族と同居しているのか。マンション暮らしなのか、一軒家で暮らしているのか……。私生活のすべてが謎《なぞ》だ。

「連絡できていないのに、いきなり家に行っても平気かな。怒られない？」

杏が恐る恐る尋ねると、雪路が不思議そうにこちらを向いた。

「あいつが怒ったり嘆《なげ》いたり人類を呪《のろ》ったりしない日ってあんの？」

「……それを言われると！」

いや、でもそれとはまた意味が違う気が、と真剣に葛藤《かっとう》する杏を見下ろし、雪路が笑う。

近くの木々から、チリリリという可愛《かわい》らしい鳥の鳴き声が聞こえてきた。なんの鳥だろうと杏は頭の片隅で考えた。この鳥の名前をいつか知る時が来るんだろうかとも考えて、死ぬまでわからずに過ごすかもしれないとも予想した。知らなくたってきっと生きることに苦労はしない。

「まあ、ああいうやべえ性格してるもんな。色々と気になんのもわかるけど。でも杏、あいつから『家に来るな』って言われたことはないよな？　ならそれ、来ても大丈夫って意味だ」

「ええっ、そうかなあ？」

「そうだっつの」

わからない。男子のその大雑把《おおざっぱ》な判断と感性、全然わからない。

「つか、ヴィクトール相手に、なに遠慮《えんりょ》してんの？」

心底不思議そうに聞かれて、杏は笑っていいのかお説教すべきか悩んだ。

「……でもヴィクトールさん、お店のオーナーでは……」

「あっそうだったな。でもさ、そもそもの原因は、あいつがなんか知らんけど塞《ふさ》ぎ込《こ》んで引きこもっていることだろ。むしろこうしてヴィクトールが死んでいないか確かめに行く俺ら、優しすぎない？」

平然と不吉な発言をしないでほしいが、その可能性を完全には否定できないところがつらい。

「それにあいつは一人暮らしだよ。変な遠慮いらないって」

「そうなの？」

雪路が歩きながら大きく伸びをし、うなずく。

「知らなかった？　ヴィクトールんとこ、母親のほうがデンマークにいて、父親は東京で暮らしてんの。んでヴィクトール自身は、なんだっけな、なんか白樺《しらかば》の木がすげえ好きだからっていう妙な理由で、こっちに移住してきたんだよ。マジでわけわかんないわ」

「……そ、そう。白樺が……」

ぎゅっと目を瞑《つぶ》ってつぶやく杏に、雪路が不審な顔を向ける。

（いや、私のことを好きと言っているわけじゃない）

けれども、以前にヴィクトールは、杏の頭蓋骨《ずがいこつ》を白樺でたとえていなかっただろうか。

「あの難解な性格を思えば、常に他人の気配を感じるマンションでの生活なんて無理だろ。うちの町って木造住宅が多いよな。マンションだと上下や左右の部屋からの生活音がどうしても響いてくるし。だから一軒家を買い取って、リノベしたって。確か仁《じん》さんたちにそのあたりを依頼したはずだ」

軽い口調で説明すると、雪路はなぜか突然うねうねと酔っぱらいのような蛇行《だこう》した歩き方をし始めた。杏もつられてその歩き方をした。単純なもので、なんだか楽しくなってくる。

「それがきっかけでヴィクトールさんは、星川《ほしかわ》さんたちと交流するようになったのかな」

そう、とステップを踏んで雪路が肯定《こうてい》する。

「んで、アンティーク商品を置いてる倉庫もその家のそばにあんの」

「そういえば前に、アンティーク商品の大半はヴィクトールさん所有のものだって、雪路君言ってたね」

雪路が首を縦に振り、軽やかにジャンプして前に進む。

午前十時という、通勤時でもなく昼時でもない中途半端な時間帯のせいか、周囲にひとけはない。場所的に見たって、港側のように建物がずらっと並んでいるわけではない。観光シーズンでもない限り行き来する人は少なく、時折車が通り過ぎる程度だ。

「人類嫌いのくせに、ヴィクトールは父親の仕事の関係で知り合いが多いんだ」

「お父さんの仕事って？」

杏は、歩道と車道の境界を示す白線の上を歩いて尋ねた。

「アンティーク中心のディーラーだよ。祖父さんの代からだって聞いたかな。……ヴィクトールが極度の人類嫌いになったのって、たぶん小さい頃から父親に連れられてあちこちを飛び回ったせいだと思うわ。性格的に、ダメだったんだろうなあ。ああいう派手な見た目だけど、ヴィクトールって内向的だし黙々と作業するほうが性《しょう》に合ってんだよ」

へえ、と杏は目を瞠《みは》った。

アンティークディーラーの家系。他人の家庭事情にこんな感想を抱《いだ》くのもなんだが、ヴィクトールの背景として、なるほどと納得できるような職業だ。

母親がデンマーク在住ということは、そこ出身の人なのだろうか。となると、国際結婚？

……あれ、待てよ、と杏は気が付いた。

両親が別々の場所で暮らしているということは、ひょっとして離婚している？

(うちの両親みたいに、別居中とか？)

その前に、デンマークってどこだっけ。確か北ヨーロッパ……、北欧？

「……えっなに杏、なんでいきなり変な顔してんの？」

引いている雪路に、杏は呻《うめ》きながら答えた。

「いえ、別に。……ただ、なぜヴィクトールさんが北欧に対して度々《たびたび》過敏な反応をしていたのか、ここでわかってしまったというか。ヴィクトールさんとムーミンの関係がやっと見えたというか。唐突に思えていたあれこれも、角度を変えてみれば実はすべてが繋《つな》がっていたという驚きがあって」

「なんで悟りを開いてんだよ。つかムーミンはどこから出てきたんだ」

雪路に警戒されながらも、白線しか踏まないルールで信号を渡り切り、無人の歩道を進む。この周辺は人工林が近いために木々ばかりが目につく。落葉し始めている木が多数で、物悲しい雰囲気が漂っている。クリスマス用のイルミネーションで飾り付けてしまいたい。

木々の合間に、かつてもたらされた異国文化の名残《なご》りをとどめる建物が覗く。

「もうちょっとで着くよ」と、雪路が言う。

ヴィクトールの背景に好奇心を刺激されるが、本人の知らないところで根掘り葉掘り聞くのも気が引ける。あまり突っ込まないほうがいいだろうと杏は未練を捨て、他に気になっていたことを聞いた。

「あのさ、慣れてしまってる私たちもどうかと思うけど、ヴィクトールさんの突然の引きこもりって、今までにも何度かあったよね？　放っておいたらそのうち出てくるって感じだったじゃない？」

なのにどうして今回に限っては、訪問するのだろうか。

「ああ、まあね。でも今回は事情があるんだよ。年明けに珍しく、マジうちの店では珍しく！　アールヌーヴォー、アールデコの時代に特化したフェアをやろうかって話が持ち上がっているんだよね。ヴィクトールが少し前に、倉庫の家具が増えてきてどうしたものかとぼやいてて、それがきっかけ。ある意味、ヴィクトールのフェア」

「フェア……って？」

歩道沿いの木々の枝に、幻のイルミネーションを見ながら、杏は聞き返した。雪路が不思議そうに杏を真似して木々を見上げる。

「ヴィクトールの父親が、デンマークを訪れたついでに、その時代のハイバックチェアだけじゃなくて、他の家具とか装飾品をたくさん送ってきたんだって」

「へえ」と、うなずきはしたが、杏は混乱していた。

ヴィクトールの両親の関係が本当に謎だ。別居中だけど、定期的に顔を合わせる関係？　あと、ヴィクトールさんはご両親にかなりかわいがられている？　それに……アールヌーヴォーとアールデコの時代って、いつだったか。その二つは、同じ意味ではないのか……。

平然とした顔を装っていたつもりだが、隣を歩く雪路の反応をうかがえば、彼はにやにやしながらこちらを見下ろしている。

これは、杏がなにもわかっていないのを看破している憎《にく》らしい表情だ。

「……私、今はヨーロッパ文化じゃなくて日本の歴史と数学を勉強している真っ最中なので」

受験勉強に集中しているので、そっちの時代にはまだ手をつけていないのだと予防線を張ってみれば、雪路の笑みが深くなった。……悔《くや》しい。が、彼は杏よりも成績が上だ。数学は計算すればいいだけだし、歴史はただ暗記すればいいだけだろ、とか平気な顔で言って心を抉《えぐ》ってくるタイプ。

「できる人は、できない人の気持ちがわからない……！」

「なんで怒り始めんだよ」

無駄話に花を咲かせるうちに、杏たちはヴィクトールの自宅に到着した。百メートルほど先には、外壁の上部に十字架を飾った小さな教会、改装もされずに放置されていると思《おぼ》しき古い洋館がある。他に目につくものと言えば背の高い広葉樹だが、ここらに生えている木々もやはり大半が葉を落としている。

ヴィクトールの家はコンドミニアムを思い起こさせるような外観の、白壁の建物だ。一階の中心にヴィンテージ加工がなされた木製のドアが取り付けられている。二階部分の外壁には、水色の枠を用いた縦長の窓が並んでいた。一階の窓も同一の作り。家の真横には、ヴィクトールのSUVが停められていた。

リノベーションしてさほどの年数が経《た》っていないのだろう、建物自体は古いが小洒落《こじゃれ》た印象がある。それに、想像していたよりも全体的に明るい雰囲気だ。杏は少し面食らった。

「一階にさあ、製作したもんを展示する部屋まであんの。むかつくだろ」

そんなことを言いながら、雪路がためらいなく入り口のドアの横にあるチャイムを押す。間を置いて、二度、三度と鳴らすも、反応がない。

「あ？　いねえのかな」

雪路が怪訝《けげん》そうに瞬《まばた》きをして、建物を見上げる。杏も倣《なら》って上を向いた。平らな屋根の縁《ふち》に小鳥がとまっていた。雀《すずめ》かと思ったが、メジロに似た色合いの羽を持っているように見える。

雪路は、遥《はる》か彼方《かなた》へ飛び立つ小鳥を見送って少し考え込むと、杏に目を向けた。

「倉庫のほうにいんのかも。こいつんとこの倉庫は、作業場もあんだぞ。マジむかつく」

「あっち側に見えるのが倉庫？」

杏は、建物の斜《なな》め向こうに見えるゆるやかな半円状の屋根の建物を指差した。そちらも白壁だった。

「そう」

行ってみるか、と促《うなが》す雪路の言葉にうなずき、杏も歩き出す。家の前方は整備されていたが、裏手側の敷地には広範囲に砂利《じゃり》が敷かれている。足元に注意しようと地面に目を向けた時、雪路が小声で「待った」と制止の声を上げ、杏の腕を軽く掴んだ。

杏が顔を上げると、彼は無言で倉庫のほうを指差した。開かれた扉から誰かが出てくるところだった。

（あれ？）

もちろんヴィクトールだろうと思いきや、現れたのは見知らぬ女性だ。明るい栗色の髪の、おそらくは外国人。少し距離があるので正確ではないが、つやのあるショートのダウンコートにタイトパンツ、ブーツという服装から判断するに二十代後半から三十代前半だろう。雰囲気だけで美人とわかる。その彼女に続いて、黒いセーター姿のヴィクトールが出てきた。こちらはいかにも部屋着というラフな恰好《かっこう》だった。

二人は扉の前で一度立ち止まると、真剣な顔で話し始めた。単なる知人というにはいささか距離が近く思えたが、どうも険悪な雰囲気……いや、女性のほうがなにかを必死に訴《うった》えていて、だがヴィクトールは会話そのものに辟易《へきえき》しているように見える。焦《じ》れたヴィクトールが一歩進もうとするたび、話は終わっていないとばかりにその女性が腕を摑み、引き止めている。

「……痴話喧嘩《ちわげんか》か？」

杏がうっすらと予想したことを、雪路が小声で言った。

呼びかけていいものか迷いながら、杏たちはしばらくの間、二人の様子をうかがった。

だが、彼らの話し合いは当分終わりそうにない。

店を開かねばならないので、あまりこの場に長居もできない。雪路と視線を交わし合い、「邪魔できない雰囲気だし、店に戻るか」と決める。

杏たちは、来た時よりも静かな足取りでヴィクトールの自宅から離れた。

歩道に出て、黙々と進んだのち、二人して同時に大きく息を吐く。

雪路が何度も杏のほうを見た。気遣《きづか》わしげな視線を向けられているとわかったが、こういう時って核心には触れられたくないものだ。が、「なんかどきどきしたね」と、冷静にかわせるほどには杏は大人じゃなかったし、さりとて不機嫌をあらわにするほどには幼くもなかった。つまり、すべての意味で中途半端だった。

「あー…、あー、えー、その。あれだ。アールヌーヴォーとアールデコの違いを解説しようか?」

唐突の提案に、杏は肩の力が抜けた。

杏だけではなくて、雪路だってまだ中途半端だ。半端で、許されるのだ。

「わかりやすく、できたら受験対策にもなるような感じでお願い」

「え……めちゃくちゃ難易度上げてくるじゃん」

気遣いの精神に溢《あふ》れていた雪路の表情が、うわっと嫌そうなものに変わる。そうそう、これでいい。思いやりの心はあってもそれは長続きしないし、簡単に気持ちも偽《いつわ》れないけど、死ぬほど見栄は張りたい。

「うーん……、これってさあ、機械って便利で最高だぜっていう産業革命の時代の話だから、大量生産の品々が世間に広がりつつあったわけ。庶民の間でもね」

「おっ、雪路先生の講義が始まった」

「うっせ。静聴頼むわ」

気恥ずかしさをごまかすように、雪路が怒った顔を見せる。

足取りの重いこちらに合わせて、雪路の歩調ものんびりとしたものになっていることに気づき、杏は少し涙ぐんだ。大丈夫、大丈夫と、感情的な行動に走りそうになる自分を宥《なだ》める。なにもかも思春期が悪い。いっそ視界が白く煙《けぶ》るほど雪が降ってほしいし、涙も凍ってほしい。

「でもそーなると、やっぱガラクタも増えんだろ。安いけどすぐぶっ壊れる、みたいな。機械製造の取り組みもやっと軌道《きどう》に乗り始めたところで、まだ手探りの状態だもんな」

雪路が両手を握ったり開いたりする。

「そこで、今こそ手作業のすごさを見よ、そして日常にも芸術がなきゃいけねえ！　っつう高尚な主張をし始めたのがアールヌーヴォー」

「へえ～」

杏は、なんでもない声を心がけた。すると雪路が、がさっと乱暴に杏の頭を撫《な》でた。同い年の男の子は、本当に突然大人びて、恰好よくなる。

「んで、アールデコはそのあと。いやあ、生活に必要なのはこってこての芸術じゃねえんだわ、もっとスマートに、なおかつ能率的なもんじゃないとやべえだろ、って、『できる俺たち』を主張したのがアールデコ」

雪路が両手の親指で自分を指し示す。あえて冗談まじりに話してくれているのがわかる。杏はやっと不自然ではない笑顔を作ることができた。

「ヴィクトールさんの説明よりわかりやすいかもしれない……」

ただし、テスト対策向きじゃない。

「当たり前だろ、俺はできる男だから」

「そっか、雪路君はアールデコか」

空気を読んで同意したのに、それまで得意げにしていた雪路は急に真顔になった。

「いや俺、好きなのはバロックなんで」

……これだから、男の子って！

最後まで恰好つけていられないのが、思春期の定めだとでもいうのか。

「アールデコって、なんか綺麗すぎねえ？　バロックみたいな、こう……、ロック音楽みたいに重低音で殴り掛かってくるような勢いとゴツさと派手さがねえもん。俺向きじゃない」

「わけわかんない。雪路君はアールデコに謝ってほしい」

「なんでだよ。俺に好かれたかったら、アールデコはもっとゴージャスみを足してこい。甘ったれんな」

杏は冷ややかな視線を雪路に送った。が、彼のおかげで気持ちが落ち込まずにすんだのは間違いがなかった。

店に戻ったあとも、雪路は休憩《きゅうけい》のたびに顔を見せにきた。それには本心から感謝している。

でも、ひとつだけ我《わ》が儘《まま》を言わせてもらえば、他の職人たちにまで情報を共有させないでほしかった。小椋と室井《むろい》からもぎこちない慰《なぐさ》めのメッセージを頂戴《ちょうだい》するはめになり、杏は嬉しさよりも迷惑が勝っているような、複雑な気持ちになった。

いや、やっぱり嬉しいかもしれなかった。


翌日の日曜もバイトにはフルタイムで入る。

杏は、石畳《いしだたみ》の向こうに佇《たたず》む「TSUKURA」の建物を視界に入れながら、肩にさげていたボア製のトートバッグの持ち手を肘の位置までずらした。その中からスマホを取り出し、現在時刻を確認する。午前八時四十五分。……早く来すぎた自覚はある。

それもこれも昨日、ヴィクトールの自宅前で目にした光景が脳裏《のうり》にこびりついて離れないせいだ。

スマホを戻してトートバッグを肩にかけ直し、憂鬱《ゆううつ》一色の溜め息を落とす。

自分の吐き出した白い息が大気に溶けるのを、杏はぼんやりと見つめた。今日は曇天《どんてん》で、気温もぐっと下がっている。ロングの白いダッフルコート、中にはショート丈《たけ》のセーターにミニのフレアスカート、それから厚地のタイツにブーツという恰好だが、やっぱり防寒重視でパンツにすればよかったかもしれない。でもスカートのほうが店の制服の着替えも楽だし……と今更考えても仕方のないことで頭を悩ませていると、店のまわりをうろつく不審者を発見した。

杏はそちらを見据《みす》えながら、ゆっくりとした歩調に変えた。

「TSUKURA」は高額の椅子も販売している。セール品を出す時もあるが、それだって気軽にほいほいと購入できるような価格ではない。オープン待ちの客が早朝から店の前に並ぶことなど、まずないと言っていい。

（誰だろう）

じわじわと胸中に不安が広がる。あえて混雑が予想されるクリスマス時期を避けた観光客が、レトロな煉瓦倉庫の外観に惹《ひ》かれて写真を撮《と》りにふらふらと寄ってきた、というならまだわかる。が、写真目当てだと仮定しても、港側のほうがよほど撮影《さつえい》に適している。

本当にいったい誰なのだろう。ヴィクトールや他の職人たちの知り合いだろうか。

その人物はこちら側に背を向けていたが、全身黒尽くめの、赤毛の大柄《おおがら》な男性であることは見て取れる。どうしようか。声をかけてみようか。杏は迷った。気持ち的には、男性を警戒するほうに大きく傾いている。

幸か不幸か、今日は早く来すぎてしまったため、いったん素知《そし》らぬ顔で店の前を通りすぎ、男が立ち去るのを待ったとしても、開店準備に遅れる心配はせずにすむ――そう思ったところで、杏はつい足を止めた。

……赤毛の大柄な男性？

杏は、じっくりと不審者を観察した。曇天のせいで赤みが強く見えるが、正確には赤みがかった金髪だ。ヴィクトールよりも長身。――この男性を何度か見かけたことがある。

（確か最初に見たのは、かなり前……ダンテスカが店にあった頃だった気がする。あの頃に、小椋さんの奥さんの霊も見始めたんだっけ）

記憶を辿《たど》って、杏は青ざめた。

その後も何度か、この男性と思しき人物を店で目撃している。そう、カクトワールにまつわる騒動が起きたあたりのことだ。あの時に、ヴィクトールもこの男性と思しき外国人客を目にしたはずだが、彼は頑《かたく》なに「見ていない」と否定していなかっただろうか。

（ってことは、まさかこの人も小椋さんの奥さんと同じで、幽霊？）

朝一番からホラー現象を展開するのは切実にやめてほしい。

こちらの心臓の耐久力を調べているに違いない非情な神様を恨《うら》みながらも、悲しいかな、杏はもはや習性となった手付きでバッグの中を漁《あさ》り、どんな時にも携帯している塩入りの小袋を取り出していた。そして、塩を日常的に持ち歩く女子高生って全国にどのくらい存在するんだろう、というどうでもいいことを考え、恐怖を少しでも緩和《かんわ》させようとした。

後方でごそごそする杏の気配を察したのか、店のシャッターに触れていた男性がふいに振り向いた。

小袋から塩を手のひらに移している杏を見て、男性は目を丸くした。

その、予想の範囲内ともいうべき人間的な反応に、杏も戸惑いを覚えた。普通すぎて幽霊らしくない。男性が、「この子はいったいなにをやってるんだ?」と、杏以上に戸惑っているのが伝わってくる。仮に男性の正体が無害な観光客にすぎないのなら、状況から見て、より不審な行動を取っているのは杏のほうだ。他人の背後で、小袋から手のひらに注いだ白い粉——ただの塩だが——をなぜか握りしめ、あまつさえ投げ付けようとしているのだから。

互いにぽかんと見つめ合ったのはほんの数秒のことで、先に我に返ったのは男性のほうだった。杏から視線を引き剝《は》がすと、呼び止める間も与えずに男性は大股《おおまた》で立ち去った。

杏は塩を握りしめた間抜けな恰好のまま立ち尽くし、置いてけぼりにされた気分で男性の去っていった方向を見つめた。

(今の人、本当になんだったの?)

観光客でもなさそうだし、今回は店の椅子を見に来たわけでもなさそうだし——本当に幽霊だろうか? ひょっとして地上げ屋の類《たぐ》いの人で、この近辺の土地を調査しているとか。だが、地上げ屋というには挙動不審さが目立つ。それに、日本人でもなかった。

手の中の塩を払い落として、あれこれと考えを飛躍《ひやく》させながら杏は唸《うな》った。男性の来店理由がわからず不気味さが募るが、ともかく、差し迫った危険はないと判断していい……のだろうか。

(昨日の……ヴィクトールさんと会っていた女性も、たぶん外国人だった)

その人とも、なにか関係がありそうだ。杏は強引にそう推測した。

港町という特性上、ここらには外国人が多い。観光客だけでなく移住者もそれなりに存在する。だからヴィクトールが外国人の女性となんらかのきっかけで知り合い、交流を持つようになっても別におかしな話ではないが……。

（仕事仲間でもなさそうだったなあ。やっぱりプライベートな知り合いかな）

杏はひとしきり悩んだ末、男が去ったほうへと足を動かした。

念のためにスマホを見て、開店時間までじゅうぶんに余裕があることを確認しておく。それから駆け足になり、男性を探した。整備された石畳の続く区画を抜け、人工林の手前に延びている本道まで追ったが、あの男性の姿はどこにもなかった。

駐車場を清掃中のコインランドリーのスタッフに怪訝そうな顔をされるまで、杏はその一帯をしつこくうろうろしたが、これ以上は探しても無駄だというのは明白だった。あきらめて、力のない足取りで、来た道を引き返す。幾分《いくぶん》迷ってから、杏はヴィクトール宛てに、「前にも目撃した外国人客の幽霊が現れました」とメッセージを送った。


「TSUKURA」に戻る途中、雪路からのメッセージが届いた。彼ももう工房に入っているようで、「今日はヴィクトールも来ている」という一言が添えてあった。肝心《かんじん》のヴィクトールからの返信はない。人付き合いを苦手としている相手だと知っているので、すぐの返信など期待してはいないつもりだったが、それでも溜め息は漏れる。気持ちを切り替え、スマホをぐいとトートバッグに押し込み、店のシャッターの鍵《かぎ》を取り出す。

この曇天ってば私の心を反映しすぎじゃないか、と八つ当たり気味に思いながら鍵を握りしめて店に近づき——そこで杏は、つんのめるようにして足を止めた。

店のシャッターの前に、誰かいる。黒尽くめの恰好をした、長身の男性だ。

こういう展開をSF映画で見た覚えがある。杏は頭の片隅でそう思った。主人公が何度も同じ時間を繰り返すやつだ。ループすればするほど、主人公に災《わざわ》いが降り掛かり——、ガシャッと金属の音が響いた。自分の手から滑《すべ》り落《お》ちて地面に衝突したシャッターの鍵の音だった。

その音はよく響いた。店の前にいた男性が勢いよく振り向く。

杏が数歩後退すると、つられたようにその男性もこちらへ足を踏み出した。

杏は男性の顔を目にして、混乱した。あれ、変だ。ループじゃない？　だってこの男性は日本人だ。髪も赤みの強い金髪じゃなくて、上品な感じのカラーリング。焦《こ》げ茶色だ。いや、映画じゃあるまいし、本当にループが発生するわけがないんだけれども、だったらどうして。さっきの人とはまた別の幽霊が現れた？　いや、こっちは本物の人間？

——この頃どうも日常と幻覚の境界が曖昧《あいまい》だ。まるで重大な事実から、向き合いたくない嫌な現実から、必死に目を背《そむ》け続《つづ》けてきた罰《ばつ》のような。他にも目を背けていることがある。ロッカーの中のものとか。

これは、逃避ばかりを選択してきた卑怯《ひきょう》な自分を咎《とが》めるシグナルなんだろうか。

杏は、『単なる通行人』という態度を無理やりに装い、足早に立ち去ろうとした。

しかし男性は、杏の浅慮《せんりょ》な逃亡を許してくれなかった。あっという間に距離を詰めてきて、杏の腕を摑む。「君」と呼ばれて、杏はとっさに相手の手を振りほどこうとした。やめて、嫌だ、離してよ。心の中に自分の叫び声が波紋《はもん》のように広がったが、実際には一言も発せられていなかった。ただがむしゃらにぶんぶんと腕を上下に振り、男性から逃げようとした。

こちらの強い拒絶に対して男性は焦《あせ》ったような顔になり、杏の腕を摑む手に力をこめた。混乱と恐怖が高まって杏は足を縺《もつ》れさせた。男性が慌てた動きで杏の肩を摑み、身を支えてくれようとした。だが、善意かもしれないその行為にすら恐怖を覚えずにはいられなかった。

「おい！」

突然、違う方向から大きな声で呼びかけられ、杏は、ひっと肩をすぼめて身を強張《こわば》らせた。急に空気の密度が変化したかのように、息苦しくなってくる。

男性が支えている側とは逆の腕を横から乱暴に摑まれ、さらにはそちらへ遠慮なく引っ張られた。杏は大きくたたらを踏んだが、しかし転倒することはなかった。

戦々恐々と仰《あお》げば、怒った顔のヴィクトールが杏の腕を摑んでいる。

彼の顔を認識した瞬間、杏は安堵《あんど》のあまり全身の骨が溶けてしまったように力が抜けた。

「店の前でうちのスタッフを襲うんじゃない――おい、君、急にぐにゃぐにゃになるな！」

男性を睨《にら》み付《つ》けていたヴィクトールが、へたり込みそうな杏に気づいて慌てた声を上げる。

私は海月《くらげ》に生まれ変わったのでもう自力では立てない、という意味をこめて首を横に振れば、まさか意味が伝わったのか、面倒そうな顔をされてしまった。

「いや、襲うって人聞きの悪いことを……。彼女が鍵を落としたから、呼び止めようとしただけなのに」

男性が後ろめたそうな顔をしながらも落ち着いた口調で説明し、拾った鍵を差し出してきた。それをヴィクトールが警戒心丸出しの態度で受け取る。

あっ、と杏は自分が地面に落とした鍵の存在を思い出した。

そうか、鍵を拾わずに立ち去ろうとしたから、引き止められただけだったのか。

ヴィクトールに無理やり立たせられた杏は、自身の過剰《かじょう》な反応を振り返って、深く息を吐いた。ヴィクトールは、本当にそれだけなのかと怪しむ表情を浮かべ、杏を見下ろした。こちらの様子を案じる色も、目の奥にうかがえた。

「……ヴィクトールさん、どうしてここに」

示し合わせたようなタイミングで駆けつけてくれたことに、歓喜する以上の戸惑いを感じ、杏はぼそぼそと尋ねた。

「どうしてもなにも、不吉なメッセージを寄越したのは君だろう」

どうやら問題ないと判断したらしく、ヴィクトールは調子を取り戻し、ふんぞり返って答えた。……そうだった、先ほどこの人にメッセージを送ったっけ。店の近くにある工房からやってきたなら、このタイミングで現れるのもそこまで不自然なことではない。

急いで来てくれたのか、ブラウンのチェスターコートの前は開いている。中に着ているのはダークオレンジのトップスに黒いパンツだ。

（……昨日まで引きこもっていたっていうけど、顔色は悪くなさそう）

病気の心配はなさそうだ。だとしたらいつもの、「いきすぎた憂鬱」のパターンだったのだろう。……あの見知らぬ外国人女性も関係しているのかもしれないけれど。

杏が、さっと状態を確認したことにめざとく気づいたようで、ヴィクトールはかすかに眉根《まゆね》を寄せた。だがそれをこの場で追及する気はないらしい。

「あのな、杏」

と、ヴィクトールが軽く咳払《せきばら》いする。

「この男は見るからに胡散臭《うさんくさ》い人類だが、日本人だぞ。外国人じゃないだろ。死者でもない」

ヴィクトールが失礼極まりない発言をしながら、男性を指差す。杏は、「さっきのメッセージで訴えていたのは、この男性じゃないんだけれど」と、心の中で答えるにとどめた。

なんにせよ、失礼な態度はよくない。ヴィクトールの不躾《ぶしつけ》な指を摑み、杏は、そっとおろした。しばらく摑んでおく。「俺の指になんの恨みが？」とでも訴えるようにヴィクトールが指を引っ張ったが、杏は無視した。こちらの静かな攻防を眺めていた男性が苦笑した。

「君、こいつの扱いに慣れているね」

感心されてしまった。

杏は強張《こわば》った顔の筋肉を無理やり動かし、笑みを作った。

「先ほどは、その……すみません」

自分でもなにに謝ったのかわからないままに頭を下げれば、男性は気にしていない様子でおおらかにうなずいた。

「いや、こちらこそ。開店前に見知らぬ男がうろついていたら、びっくりしますよね。驚かせたようで申し訳ないな」

胡散臭いどころかスマートだし、優しい。

杏は先ほどよりは冷静に、どうやらヴィクトールとは知己《ちき》らしいこの男性を見つめた。

なんだか年齢が摑みにくい人だ、というのが第一印象だった。黒いロングのシングルコートにダークグレーのマフラー。中にはスーツだろうか。

三十代と言われても、四十代と言われても納得できるような顔つきだ。五十代と言われても、若く見えると驚きはするが不自然だとまでは思わないだろう。正面からだと目は大きめに見えるのに、少し角度を変えると細く見える。鼻は高くて唇は薄い。ハンサムではないのに、妙に整っている。口調も慇懃《いんぎん》すぎず、親しみを感じさせる。

「君はヴィクトールの店のスタッフなんだね。仕事の中でも、こいつの世話が一番大変だろう」

男性は昔ながらの友人に語りかけるような、リラックスした調子で言った。

「えっ？　あ……いえ」

どう答えていいか悩む杏に、目尻を下げたやわらかい表情を向けてくる。

「僕は不審者じゃないので安心してください。ヴィクトールの友人なんですよ」

「違う」と、間髪容《かんはつい》れずに否定するヴィクトールに笑いながら、男性が両手を胸の前で軽く広げ、話を続ける。

「こいつの父の友人でもあるかな。ヴィクトールが生家のほうにちっとも顔を出さないせいで、こちらから押しかけるしかないが、自分は時間が取れないと透《とおる》さんが……彼の父のことだけども、ひどく嘆《なげ》いていたのでね。かわいそうだろう？　うん、なら僕が、ちょうど時間もできたし、彼の代理として、こっちに顔を出してみようかと。……ああ、僕は岩上夏海《いわがみなつみ》と言います。よろしくね」

多分に嫌みを含んでいたような気もするが、そのまろやかな口調のおかげか毒を感じさせない。……と感心したのは杏だけのようで、ヴィクトールは傍目《はため》にもわかるほどに顔を歪《ゆが》めた。

激臭《げきしゅう》を嫌がるかのように、身を引いている。

「うわ、嫌だ。もういい大人だというのに、なぜ親にしつこくかまわれなきゃいけないんだ。

会いたくないので、俺の前に顔を出さないでほしい」

「ヴィクトールさん」

杏は小声で突っ込んだ。喜んでいいのか、親や知人相手にも例外なく発動するヴィクトールの人類攻撃のおかげで、恐怖心はかなり薄まっている。

「ほら、目を合わせたら、人類は調子に乗る。行こう」

ヴィクトールは杏の肩を両手で押し、岩上を置いていこうとした。

杏がとっさに踏ん張ると、「君は散歩を嫌がる犬なのか？」と、ヴィクトールが叱《しか》るような目をして詰《なじ》った。杏はその口を思い切りつまんでやりたくなった。

ここはコミュニケーション能力がマイナスのヴィクトールに代わり、自分ががんばるしかない。

「その、外は寒いので……ぜひお店の中に」

と、杏が気遣って提案すると、岩上は嬉しげに微笑《ほほえ》んでくれたが、ヴィクトールには目からビームが出そうなくらい睨まれた。すばやく視線を逸《そ》らせば、わざわざ回り込んできて、杏の顔を居丈高《いたけだか》に覗き込む。そのおとなげない振る舞いに、杏は本気で唖然《あぜん》とした。

「やめろ杏。猫の幽霊みたいに店に居着かれたらどうするんだ」

暴言の銃弾《じゅうだん》を撒《ま》き散《と》らすヴィクトールに、杏はおののいた。

「というより君は今、夏海を見て、『無害で優しそうな人』とか思っただろう？　とんでもない、夏海は歩き回る嵐だぞ。ディーラーの間でもそう罵られている」

もう黙ってくださいと言いかけて、杏はふと、「あれ、岩上さんのことはフルネーム呼びじゃないんだ」と、細かなことに気がついた。それだけ親しい存在ということではないだろうか。

「いわくつきのアンティークを誰よりも早く見つける最悪な人類と評判なんだ。警戒しないなんて馬鹿げてる。気を許して一度でも店に入れたら最後、あれの保存状態がよくないだの、修理が甘いだのと逐一《ちくいち》文句をつけてくる」

「こら、どういう紹介をしてくれるんだ」

岩上が呆《あき》れたように咎める。

「友人のかわいい長男坊を心配して駆けつけた僕に対して、ずいぶんな発言じゃないか」

ヴィクトールはまるで首でも絞められたかのように苦しげな顔をした。

「やめてくれ、本当に」

懇願《こんがん》する声も掠《かす》れている。

岩上は一瞬微笑んだが、ちらっと杏を見て、真面目《まじめ》な表情を作った。

「ろくに電話にも出ない横着者のおまえが悪いんだよ。透さん、長男坊は妻には逆らわないくせに、とひどく落ち込んでいたぞ」

「だから、やめろと言っているだろ」

岩上は、穏和に見えて剛胆《ごうたん》な人であったらしく、ヴィクトールの怒りにも動じなかった。

「本当に皆、おまえを心配している。エマからもう聞いているだろうが、もしかしたらおまえのまわりに不審な人間が現れるかもしれないんだ。じゅうぶんに身辺に注意を払ってほしいが、でも、決して相手にしてはいけない」

「いいから！」

ヴィクトールが耐えかねたように声を張り上げた。こんなふうに感情を剥《む》き出《だ》しにして大声を出すようなタイプではないと思っていたので、杏は肩をゆらすほど驚いた。

ヴィクトールが、はっとしたように杏を見る。感情的な振る舞いをしたせいか、頬がわずかに色づいていた。杏の視線から逃《のが》れるようにヴィクトールが横を向く。

岩上は不穏な発言をしておきながらも観察するように杏を見た。その視線に刺された杏は、急に、自分がなにかを言わなくてはいけないような気分になった。

「あの、不審な人間って、私が見た外国人の」

岩上が来る前に店のまわりをうろついていたあの男性と、今の話は、もしかして繋《つな》がっているのではないか。そう続けようとして、ヴィクトールに冷たい視線で止められ、杏は口を噤《つぐ》んだ。いつもよりも雰囲気が刺々《とげとげ》しい。

「また馬鹿げた妄想話《もうそうばなし》でもする気か？　余計なことを言わずに、もう店に入れ」

「え、はい。でも」

反論も封じるように、ヴィクトールがシャッターの鍵を杏の手に押し付けてくる。

杏は、明らかに線を引かれたことと、辛辣《しんらつ》に詰《なじ》られたことの両方にショックを受けた。自分が無駄口を叩こうとしたのが原因だが、それにしたって今までは、どんな突拍子もない妄想を聞かせても楽しんでくれていたのに。

なんだか覚悟もないままに、唐突に夢の時間は終わりだと宣言され、ぽいと無責任に現実世界に放り出されたような気持ちになる。

（岩上さんに身内の話を暴露《ばくろ》されるのが嫌だった……んだと思う。私に対して本気で嫌悪を抱いたわけじゃない）

そう自分に言い聞かせて、杏は鍵を握りしめた。

ヴィクトールがワケありの過去を持っていそうなことは、付き合いの浅い杏でも想像がつく。工房に置かれている彼専用の不気味なチェアもだが、「子どもの頃、椅子に拘束《こうそく》されたことがある」という発言も気になる。その他にも感じることがある。きっと他人には家庭の事情を知られたくないのだろう。

杏はショックを受けた事実を隠すように目を伏せて、「お店の準備をします」と小声で告げた。二人に頭を下げ、急いでシャッターに駆け寄る。

二人の視線を背中に感じながらシャッターを開け、杏は薄暗い店内に飛び込んだ。転ばないよう気をつけてバックルームへ急ぐ。ドアを開け、室内の明かりをつけてから両手で慎重《しんちょう》に閉める。

その時、トートバッグの中でスマホが振動した。取り出して確認すれば、雪路からのメッセージがまた届いていた。「なんかヴィクトールが店に向かったけど、もしかして杏ももう来てる？　あいつ、いつにも増して憂鬱そうな様子だったから、もし意地悪なことでも言われたら蹴飛ばしていいぞ」という内容だ。

この他愛《たわい》ない言葉に、杏は救われたような気持ちになった。ぐいぐいと顔を片手で拭って、背筋を伸ばし、自分のロッカーに歩み寄った。

2

杏《あん》は、オズの国の住人でもなければ魔女を退治したいわけでもなかったが、靴《くつ》の踵《かかと》を三回鳴らしてから背筋を伸ばし、前を向いた。

萎《しお》れそうな気持ちは心の引き出しの中にいったんしまい込み、仕事に励《はげ》むことにする――つもりでいたのに、こんな時に限って客の訪れもなく暇《ひま》だったりする。いや、もともと「TSUKURA」は混雑とは無縁の店だけれども。

（……仕事は与えられるものじゃない。自分で作るものなんだ）

杏は自棄《やけ》気味に自分を鼓舞《こぶ》し、仕事意欲を燃やした。

まずは掃除の申し子となってみた。床のモップ掛けは二度やった。作者は吉田《よしだ》君と推定される『長靴を履《は》いた猫』の絵の額縁《がくぶち》も丁寧に磨《みが》いた。過去に販売した商品のデータの整理やＨＰの更新、カードを作成した既存顧客へのＤＭの送信などといった細々とした雑務にも精を出し、ついでに店内ディスプレイの変更をしてクリスマスツリーを飾る予定の場所も確保した。だが、それらも昼の休憩《きゅうけい》を挟《はさ》んで午後一時を回る頃にはすべて終えてしまった。

私も椅子が作れたらな、とカウンター内の戸棚の整理に取り掛かりながら杏は思った。一心不乱に製作に励めば、今胸の中に無理やり押し込んでいる憂《うれ》いも忘れられたかもしれない。

(それか、もうちょっと自分の世界を広げる努力とかも、しておけばよかった)

たとえば部活に所属したり、ボランティア活動をしたりとか。これは何度も悔《く》やんできたことだ。だが日の下でたくさんの仲間に囲まれながら溌剌《はつらつ》と過ごす自分の姿をどうしてかうまく想像できず、結局いまだに踏み出せないでいる。ただだらだらと悔やむだけだ。

杏は顔をしかめた。雪路《ゆきじ》が羨《うらや》ましい。彼は自身のことを見習いの立場でしかないと謙遜《けんそん》するが、他の職人に混ざって椅子の製作も手掛けている。それが自分の進む道だと、しっかりと将来を見据《みす》えている。恰好《かっこう》いい男の子だ。——そう、自分にもう少し芸術的センスがあって手先も器用だったなら、雪路のように美大を目指すという選択肢《し》もあっただろうに。

そこまで考えて、杏は両手で強めに自分の頬を叩いた。卑屈《ひくつ》でいやらしい僻《ひが》み方をした自覚があった。誰かを羨むばかりの人間になるのはつまらない。

(私には私のペースがある)

そう信じて一歩一歩進んでいくしかないのだ。

深く息を吐《は》くと、杏は整理の終わったカウンターを出てフロアに並べられているチェアの間を縫《ぬ》い、出入り口の扉に近づいた。魔法は掛かってなくとも私の靴は、私に仕事を見つけてくれる。そんな他愛《たわい》ない暗示を自分にかける。大丈夫。今はちょっと、本格的に取り組まねばならない受験に対する不安とか、店の周囲をうろつく不審者の謎《なぞ》とか、憂鬱《ゆううつ》になってしまうような問題が積み重なったから一時的に暗い感情が溢《あふ》れそうになっただけだ。

（この沈《しず》んだ冬空だってよくない！）

両手を腰に当て、杏は扉越しに外を睨《にら》んだ。

数時間前までは重苦しい曇天《どんてん》だった。時間は経過したが、きっと今もまだ雪を落としそうな灰色の雲を空いっぱいに広げているに違いない。いや、降るならどうぞ降ればいい。心に積もった憂鬱なんか、雪と一緒にぎゅうぎゅうに丸めて雪だるまにでもしてやる。

杏は開き直ってノブを力強く摑み、扉を押し開けようとした。……もちろん憂鬱とドッキングさせた雪だるまを作るためじゃない。少し風が出てきている気配がしたので、外側の扉の縁《ふち》に飾り付けたイルミネーションライトが落下していないか確かめるためだ。が、この時、杏が扉を押し開けたタイミングで、外側からも誰かが扉を開けようとしていた。その二つの動作が重なったせいで扉が勢いよく引っ張られる形になり、杏はとっさに対応できず思い切りつんのめった。

そこに立っていた人物……ドアを引っ張った犯人の胸に正面から顔を突っ込みそうになる。

「危ない」という呆《あき》れと焦《あせ》りの混ざった声とともに、杏は肩を摑まれた。おかげで転倒する不幸からも、相手の胸に顔面を強打するという羞恥《しゅうち》と悲劇からも逃《のが》れることができた。

大きく脈打つ心臓の音を意識しつつも恐る恐る視線を上げれば、さっきの一言を聞いた時点で相手が誰なのかは薄々わかっていたが、予想通り、眉《まゆ》を顰《ひそ》めたヴィクトールが杏を見下ろしていた。

いつ見ても目がちかちかするような美男子だと杏は密《ひそ》かに圧倒される。世の中には、立っているだけで独自の世界を作り出してしまう人がいる。ヴィクトールは良くも悪くもそういう側の人間だ。少し癖《くせ》のある金髪に、ガラス玉のような胡桃色《くるみいろ》の瞳。この寒さもあってか、頬は青みを帯びているかのように白い。服装は、先ほどと変わりはなかった。

なんだか以前にもこんな展開があった気がするなあ、と杏は現実逃避を兼ねつつぼんやりと記憶を辿《たど》った。そうだ、記念すべきヴィクトールとの出会いの場面だ。

「……言っておくけど、俺は、君とは違う」

ヴィクトールがふいに迷惑そうな顔をして冷たい声を聞かせた。

「はっ？」

記憶の旅から現実に引き戻された杏は、ぽかんと彼を見た。間抜けな顔を晒《さら》している自覚があった。

「俺は、頭のおかしい靴泥棒じゃない」

杏以外には意味不明にしか聞こえないだろう発言を、ヴィクトールは淡々と続けた。

杏は目を見開いた。どうやらこのハプニングを通して、ヴィクトールもまた自分たちの出会いの場面を頭に思い描いていたらしい。

あれは、道に転がっていたガラスの靴ならぬ木の靴を見つけた初夏のある日の出来事だった。その日に杏は「TSUKURA」に辿り着いた。そうして今のように扉を開けた直後、ヴィクトールとばったり鉢合《はちあ》わせをした。

ただしあの時とは、互いの立ち位置が逆になっているけれども。

相手も出会いの瞬間を覚えていたという喜びに、幾分《いくぶん》気持ちが上向きになったことは否定できない……が、そんな甘い恋の余韻《よいん》なんて一瞬後には煙のように掻《か》き消えた。

この人、私に対して普通に失礼なことを言っていない？

「私も違いますけど⁉　あの時は私が靴を盗んだわけじゃないし、というよりむしろ私は被害者です！」

「へえ、そう」

ヴィクトールはまったく信じていない乾いた声で適当に相槌《あいづち》を打ちながら、踏ん張る杏の肩をずずずと押して無理やり店内に入ってきた。体勢を崩しかけた杏はあたふたとヴィクトールにしがみつきながらも、その動きに合わせて後退した。

本当にこの人はどうかしている。店をオープンする直前に外であんなに気まずいやりとりをかわしたというのに、こちらに対して一切の気遣《きづか》いも感じられないこの雑な態度はなんなのだろうか。

次に顔を合わせた時どう振る舞えばいいのかと真剣に悩んでいたのは自分だけで、ヴィクトールのほうはちっとも気にしていなかったと。てっきり「さっきは言いすぎた」とでも告げるために店に来てくれたのかと、少しは期待したのに。腹立たしいったらない！

「うちの制服、君は似合うよね」

杏を店内に押し戻しながら、ヴィクトールが感心したふうに言う。

「は……はあっ⁉」

店内のディスプレイにぶつからないよう何度も振り向いて確かめていた杏は、この言葉に目を剝《む》き、急いで顔を正面に戻した。どういう意味だ。話に集中したいから、この危うい体勢をどうにかしたい。しかし、悩み深き人類に対する思いやりを欠片《かけら》も持ち合わせていないヴィクトールは、杏の狼狽《ろうばい》ぶりに気付きながらも強引な前進をやめなかった。

ヴィクトールの視線は店内のチェアに向けられていた。なにかを探すようなその視線が、ある場所でぴたっと止まる。強引な前進——杏にとっては後退——の向きが修正される。視線を向けたほうに進んでいるようだ。

「こういうさ、背もたれ部分に花や芽鱗《がりん》なんかの透かし彫りをふんだんに施《ほどこ》した、真っ赤な天鵞絨《ビロード》の座面のアンティークチェアが合う。君に」

「いえ、見えないんですけど。そろそろ体の向きを変えさせてほしいです！」

「ほら、ちょっと座ってみな」

会話のキャッチボールさえまともにできないヴィクトールは、諭《さと》すような優しい口調で言うと、杏の肩を軽くトンと押した。

当然杏は押された勢いのまま仰向《あおむ》けの状態で転びかけて——後ろにあった椅子に、すとんとうまく腰掛ける結果になった。

唖然《あぜん》と見上げた先では、ヴィクトールが薄く笑っている。

「ああ、いいね。さすがはクイーンの君だ」

ヴィクトールから視線を引き剝《は》がし、わずかに振り向いて、自分が座っている椅子を確かめる。おそらくはオーク材の、安易に触れるのもためらわれるほど重厚な意匠《いしょう》を凝《こ》らした背もたれが目に映《うつ》った。春爛漫《はるらんまん》の様を切り取った装飾彫刻。膨《ふく》らんだ蕾《つぼみ》や花々、果実などの立体感が素晴らしい。脚部の貫《ぬき》には、這《は》う蔓《つる》と鳥のモチーフが見られる。差し込み型の張り地は説明された通り、女優の真っ赤な口紅を思い起こさせるような、光沢《こうたく》のある大胆《だいたん》な真紅《しんく》の天鵞絨だ。中の詰め物はふっくらとしていて、ほどよい固さにされている。すべてが豪華で精巧《せいこう》だった。

ロココ様式を取り入れたデザインだろうか、と杏は乏《とぼ》しい知識の中から正解を引っ張り出した。

自分が店番をしているのだからこのチェアの価格も当然知っている。三十万近くもする一九〇〇年代のアンティークだ。

「隣の、貝殻《かいがら》彫刻をメインに据えた椅子……覚えているかな、ジョージアン様式のチェアについて前に話したことがあるんだけど、その時代の椅子も魅力に溢れているだろ。いや、でも君と合わせるには少し印象が固すぎるか」

ヴィクトールが自分の耳朶《みみたぶ》をいじりながら冷静に値踏みするような眼差《まなざ》しを寄越す。

「だったら、同じ貝モチーフでも、チッペンデールの優雅なスプラットが特徴的なチェアのほうが、しっくりくるかもしれない。こっちのやつだ」という独り言《ひとりごと》めいた呼び掛けとともに片手で立たせられ、隣の隣、どこか幾何学《きかがく》的な雰囲気の漂《ただよ》う透かし彫りを背もたれの中央部分に入れた、猫足の椅子に座らされる。脚の上部、一番太いところに貝のデザインがある。

「これね、背もたれの透かし彫りは瓶《びん》をモチーフにしているんだけれども、見方によっては蔦《つた》がハート型を描いているかのような、ああ、トランプのデザインを連想させる形をしているだろ。君は首狩り女王が好きみたいだから、ぴったりの椅子じゃないか」

「それ、猫町《ねこまち》事件の時にかわしたアリスの話とかけてます⁉」

からかいの言葉につい言い返したが、このアンティークチェアだって二十万超えだ。それに売り物でもあるので、意味なく腰掛けるのはなんだかそわそわしてしまう。

ヴィクトールは、やはりこっちの慌てぶりには頓着《とんちゃく》せず、マイペースにチェアを冷やかしていく。

「背もたれ部分や脚部にツイスト加工を施しているジャコビアン様式のチェアも、華《はな》やかでいいかもしれない。……ジャコビアン、君、覚えているだろうな?」

「おっ、覚えて……ますよ！　捻《ねじ》り飴《あめ》みたいな挽《ひ》き物《もの》の……」

吃《ども》りながらも杏は、周囲に展示されているチェアにすばやく視線を走らせた。

ジャコビアン様式のチェアが確か店内にあったはず。あれだ。ねじねじ型の脚のチェア。座面は菜の花をイメージさせるような明るい黄色の革。

これもまた、見るからに豪華な作りだ。背もたれの彫りのデザインは花で、その部分だけを取り上げれば女性的と言えるのに、全体的に見ると、不思議と男性的な印象を受ける。人によって女性的か男性的か、意見が真っ二つにわかれそうな椅子。二つの顔を持つ理由は、この椅子が先のものとは違って直線的に作られているためだ。そこから漂う力強さが重厚感を生んでいる。

「やっぱりスツールよりも、こういう背もたれのある椅子が俺は好きだな。肘置《ひじお》きはなくてもいいかな……？　フレームのデザインもできる限り装飾を加えてみるか……。フランス製のチェアのほうがより優美で合うかもしれないが、そっちは俺の好みとは少し外れるんだ」

ヴィクトールは思案げに杏を見下ろし、つぶやいた。杏が立とうとすると、視線で止める。

「……ひょっとして、私が作るはずの初めてのスツールの話と関係していますか？」

思いついて尋ねると、彼は威圧《いあつ》するようにゆっくりと瞬《まばた》きをした。

「自作の夢をまだあきらめていなかったのか。しつこいな。俺が作ると言っただろ」

ヴィクトールが腕を組み、指をとんとん動かした。

「前に杏がいつかアンティークになるような椅子を作りたいと言ったから、俺も次第に欲が出たんだ。せっかくだから、最初の椅子はもっと……君に似合うものを」

台詞《セリフ》だけを聞けば胸が高鳴りそうなものなのに、実際は、彼はこれを鼻を鳴らしながら言っている。

(言われたのが私じゃなければ、そういう高慢な態度にまで胸をざわめかせたりなんかしないと思う)

杏は無言でヴィクトールを見上げた。恋はつくづく人を馬鹿に変える。

「なにその解脱《げだつ》したような顔。そもそも俺が手掛けたほうがいいと本気で思い始めたのは、君の予想以上の不器用さが原因でもあるんだぞ」

「失礼ですよヴィクトールさん!」

「なにも失礼じゃない」

と、ヴィクトールが濁《にご》り切《き》った目で杏を見つめ返す。

「堂本《どうもと》亮太《りょうた》という人類の工房でカッティングボードを作った時に、君が糸ノコ盤《ばん》で指まで切断しそうだったことを俺は忘れていないぞ。なのに君本人はこっちの気も知らないで、『ガムの型抜きみたい』とか言っていたよな」

「……そんなこと、私言いましたっけ」

「それに、カーブをつけるところでなぜかウェーブ型に切っていただろ。カンナで親指を削《けず》りそうにもなっていた。もう無謀《むぼう》な夢は抱《いだ》かずに、頼むから俺が完成させるのを待っていなよ」

最後は真面目《まじめ》な表情で説得されてしまい、杏は微妙な気持ちになった。

初めは誰でも道具の使い勝手がわからず不器用な仕上がりになるものではないかと思うが、軽々しく反論できない空気が漂っている。

「ここにある椅子に劣《おと》らない『未来のアンティーク』を君にあげるから。惹《ひ》かれるだろう？」

杏は再び無言でヴィクトールを見つめた。ヴィクトールも杏をひたむきに見つめている。見つめ合っている事実に急に気付き、杏は動揺した。なんだかじっとしていられないほどに恥ずかしくなってくる。

「俺も静謐《せいひつ》と歴史を感じるものがいい。そういうものに囲まれたいし、それを好む人類なら認めてもいい」

ヴィクトールが重ねて言う。杏は動揺しながらもどういう意味なのか考え込んだ。「認める」ってまさか、恋愛的な意味ではないだろうし。だが一個の人間としてなら既に認めてもらえているような気がするし。

(もっとストレートな表現で教えてほしい)

杏はどうにも落ち着かない気分になって、ぱっと立ち上がった。今度はヴィクトールも止めなかった。

「……そんな思わせぶりなことを言っても、私は騙《だま》されませんよ」

「はあ？　なに？」

「ヴィクトールさんが……意味深発言を繰り返す時は、大抵裏になにかあるじゃないですか」

呆気《あっけ》に取られるヴィクトールを見ながら、杏は必死にそれらしい答えを探した。

「私はわかっていますよ。好きなアンティーク品だけをまわりに置きたい、つまり余計なものは自分のテリトリー内から排除したい……ってことですよね。でも、今はクリスマス時期！――たとえ重厚なアンティークの雰囲気にそぐわずとも扉の外のイルミネーションライトは外しませんし、店内にももちろん大きなクリスマスツリーを飾ります！」

どんな憎《にく》まれ口《ぐち》だと自分でも思ったが、ヴィクトールは途端に興醒《きょうざ》めしたような、嫌な顔をした。悔《くや》しげにも見えた。

「えっもしかしてこれ、正解でしたか。本気で外のイルミネーションライトを外させるために妙な雰囲気を演出して、私を持ち上げようとしていたんですか？」

無理やり捻《ひね》り出《だ》した冗談のような答えが本当に正解だったとは思いもしない。

ぎょっとする杏に対して、ヴィクトールは唇の端を嫌味っぽく歪《ゆが》めてみせた。

「なんでわざわざ君を持ち上げる必要があるんだよ。俺は無駄なことはしない」

本当かなあと疑いの目を向ければ、ヴィクトールは顎《あご》を上げて不服そうな顔をした。

「ただ、この店にまで君がクリスマスを招こうとしている事態に苦痛を感じてはいる。なぜ木にライトを飾らなければいけないんだ。虫でも呼び集めたいのか？」

「やっぱり嫌なんじゃないですか！　ヴィクトールさんがクリスマスをどれだけ呪《のろ》おうと、ツリーは飾りますからね。もう工房の皆にも許可をもらってます。近日中にこっちにツリーを持ってきてくれるって水城《みずき》さんも言っていたし。本物の木ですよ、楽しみですね！」

「おい待て。水城って誰だ」

張り切る杏に、ヴィクトールが焦った口調で問う。

「室井《むろい》さん繋《つな》がりで知り合った材木店のおじさんです。最初は無愛想で怖かったけど、香代さんと一緒にケーキを食べるうちに仲良くなって。すっごい甘党なんですよ、水城さん」

杏は笑った。そう、香代と交流を持つようになったことがきっかけで、材木店の水城とも友好を結ぶに至ったのだ。なぜなら香代と水城はスイーツ仲間。初めて会った時も香代はアップルパイを水城に届けている。

水城は香代の手作り菓子の虜《とりこ》で、同好の士を集めてたびたびお茶会を開いているらしい。そこに遅れて杏も加わった。結果、水城とも顔を合わせる機会が増えた。こうして年も性別もばらばらな三人の間に絆《きずな》が芽生えたわけだ。甘いものは、人の心を繋ぐ。

「君の交友関係どうなってる？」

ヴィクトールが本気で驚いたような顔をする。引いているとも言える。以前にも雪路から同じ言葉を投げかけられたなと杏は思い出した。

思考がゆるい方向に逸《そ》れたおかげか、かなり気持ちが落ち着いた。

「あ、クリスマス近くになったら、都合を合わせて皆でパーティーしようって星川《ほしかわ》さんが言ってました。春馬《はるま》さんたちも来てくれるそうですよ」

「うわっ嫌だ、人類の集会なんかに参加したくない。いや、待て。まさか君はこれまで会った人類と今も連絡を取り合っているのか？」

「はい、そうですけど」

嘘だろという驚愕《きょうがく》の目を向けられたが、これには多少反論したい。

たとえばカクトワールが絡んだ騒動後、小林《こばやし》家から感謝の意を伝えられたが、本来ならそれはオーナーのヴィクトールが聞くべき言葉だ。ところがこの人類嫌いなオーナーはもう関わりたくないと主張し、小林家の人々と頑《かたく》なに会おうとしない。それでやむにやまれず杏や室井がヴィクトールの代理となり、彼らと対面するようになった。

会う回数が増えれば親しくもなるし、連絡先だって交換する。

星川の誘いについても、ヴィクトールが無視するせいでこちらに連絡が来るようになったといういきさつがある。つまり大半はものぐさなヴィクトールのせいだ。

というのにヴィクトールは自分の腰の重さと偏屈《へんくつ》ぶりを棚《たな》に上げ、保護者のような態度で杏に説教し始めた。

「そんな計画は今すぐ中止しろ。自ら進んであこぎなクリスマス商戦の餌食《えじき》になるんじゃない。あれは悪い文化だぞ」

なにを言っているんだろう、この人。

杏が冷たい目で見ると、ヴィクトールはこちらよりももっと凍《こご》えた視線を投げてきた。

「だいたい君、わかってるか？　今まで知り合った人類のほとんどが、幽霊絡みだろうが」

杏は睨むのをやめて、目を逸らした。

「そういうなにか『持ってる』人類たちが一つ所に集結すれば、どんな悲劇が起きるかなんて火を見るよりも明らかだろ。最悪のポルターガイストが発生する」

ヴィクトールが青ざめながら不吉すぎる予言をした時だ。

タン、と軽い落下音が響いた。

杏とヴィクトールは突然の不可解な落下音に息を詰め、動きも止めて怖々と見つめ合った。

短い沈黙が流れた。空調の稼働《かどう》する音がはっきり聞き取れるほどの静けさが、やけに重々しく店内を支配する。

さっきの落下音はボイラーが鳴ったのかもしれない。杏は無理矢理にでもそう思い込もうとしたが、ヴィクトールの澱《よど》んだ目が安易な逃げを許してくれなかった。

杏たちはゆっくりと、音のしたほうに顔を向けた。

「……え」

と、口にしたのはどちらだろうか。

視線の先――ちょうどチェアとチェアの間にある空間に、なにかが転がっている。

午前中に店内を隅々《すみずみ》まで二度も掃除した杏は知っている。そんなところになにも落ちていなかったはずだと。

「ヴィクトールさん、あれ……、あそこに落ちているモノに、私すごく覚えがあるんですけど」

杏は、震える指でその物体を差し示した。

「ヴィクトールさんも、ひょっとしたら記憶があるんじゃないですか……」

普通は気にもとめないような些細《ささい》なことまで忘れられず、ずっと覚えている人だ。忘れていないはずだった。

「……杏が悪いと思う」

ヴィクトールが急にこの世のすべてを呪うような低い声で杏を責め始めた。

杏はこの不穏さしか感じない状況でいきなりなにを言い出すのかと、ヴィクトールを余裕のない目で見つめた。彼は視線を、杏が指差す物体に固定させたまま話し続けた。

「俺は言ったよな。君の靴を全部管理したいって」

確かに以前そんな要求をぶつけられた気がするが、今言うことだろうか。

「なのに君は無視したじゃないか。大人しく俺に靴の管理を任せてくれていたらよかったんだ。そうすればこんな理不尽な状況にも陥《おちい》らずにすんだ」

まったく理屈が通っていないのに、なぜか説得力を感じてしまうクレームだった。少なくとも杏にとっては効果的だった。

というのも――杏たちの視線の先に落ちているのは、靴……青いサンダルだ。

ただの青いサンダルではない。

信じがたい話だが、杏がヴィクトールと出会い、その流れで初めてこの店に足を踏み入れた時に履いていたセール品の青いサンダルで間違いがなかった。

だが杏は、これが不吉な現象の序章などではなくて「単なる無害な偶然」である可能性はないだろうかと懸命に足掻《あが》いた。たとえば……自分がちょっとよそ見をした隙にたまたま同一デザインのサンダルを履いていた客が来店し、なおかつその姿をこちらが目撃する前にさっと出ていった、という可能性はどのくらいあるだろう。そしてその際、十二時の鐘を聞いたシンデレラのように片方のみを店内に置いていった、という可能性は。さらにその置き去りにされたサンダルはスキップフロアのぎりぎりのところにあって、扉の開閉時のかすかな振動が原因で落下するに至った、という可能性は。

杏は目を瞑《つぶ》りたくなった。だめだ、この説は苦しい。そんな奇跡のような展開、このタイミングで起きるわけがない。季節的にも無理がある。雪のちらつく十二月にこの町をサンダルで出歩く酔狂《すいきょう》な女性はさすがにいないだろう。

「……ねえヴィクトールさん。記憶を掘り起こしてみたんですが、そういえば私がここのお店に来るきっかけを作ったのって、女性の幽霊なんですよね」

道端に転がっていたヴィクトール製作の木の靴。それを見つけた時、杏はデザインに惹かれてつい履いてしまった。その直後に女幽霊が現れて、杏が脱いだ青いサンダルを履き、逃亡した。

女幽霊を追いかけた先に、この「TSUKURA」があった。それから、先ほどしたような扉での攻防。ヴィクトールとはそういう一風変わった出会い方をした。なかなかできない体験だ。

ヴィクトールが動揺するあまり椅子の解説をし始めたり、つられてこちらも乗ったりと、おかしなすったもんだを繰り広げた末に、杏は「この女幽霊はきっと裸足《はだし》でいるのがつらいから自分に合う靴を探していたのだろう」と強引に解釈《かいしゃく》し、もう片方のサンダルもプレゼントした。というより成仏《じょうぶつ》を心底願ってサンダルをぶん投げた。

(でも、そもそもの話、あの幽霊はなんで裸足だったんだろう。それに、なぜヴィクトールさんが作った木の靴を盗み出して、道端に置いていったの?)

今更《いまさら》かもしれないが、冷静に考えてみるとなにか引っかかる。

自分のサイズにぴったりな靴を求めて試し履きし、その結果フィットしなかったのなら、わざわざ持っていく必要はないだろう。幽霊の行動に整合性を見出《みいだ》そうとするほうが誤りなのかもしれないが、それにしたってだ。

まるで女幽霊に誘導されるかのように自分はこの店に辿り着いている。そんなふうに考えることもできる、と杏は気づいて、両腕に鳥肌が立った。

(いや、早まっちゃだめだ。また妄想《もうそう》に取り憑《つ》かれたのかと呆れられる)

思い余って珍回答を披露《ひろう》する前にヴィクトールの意見を聞いてみたい。だが——先ほどからヴィクトールがやけに静かだ。不審に思い、視線を上げる。

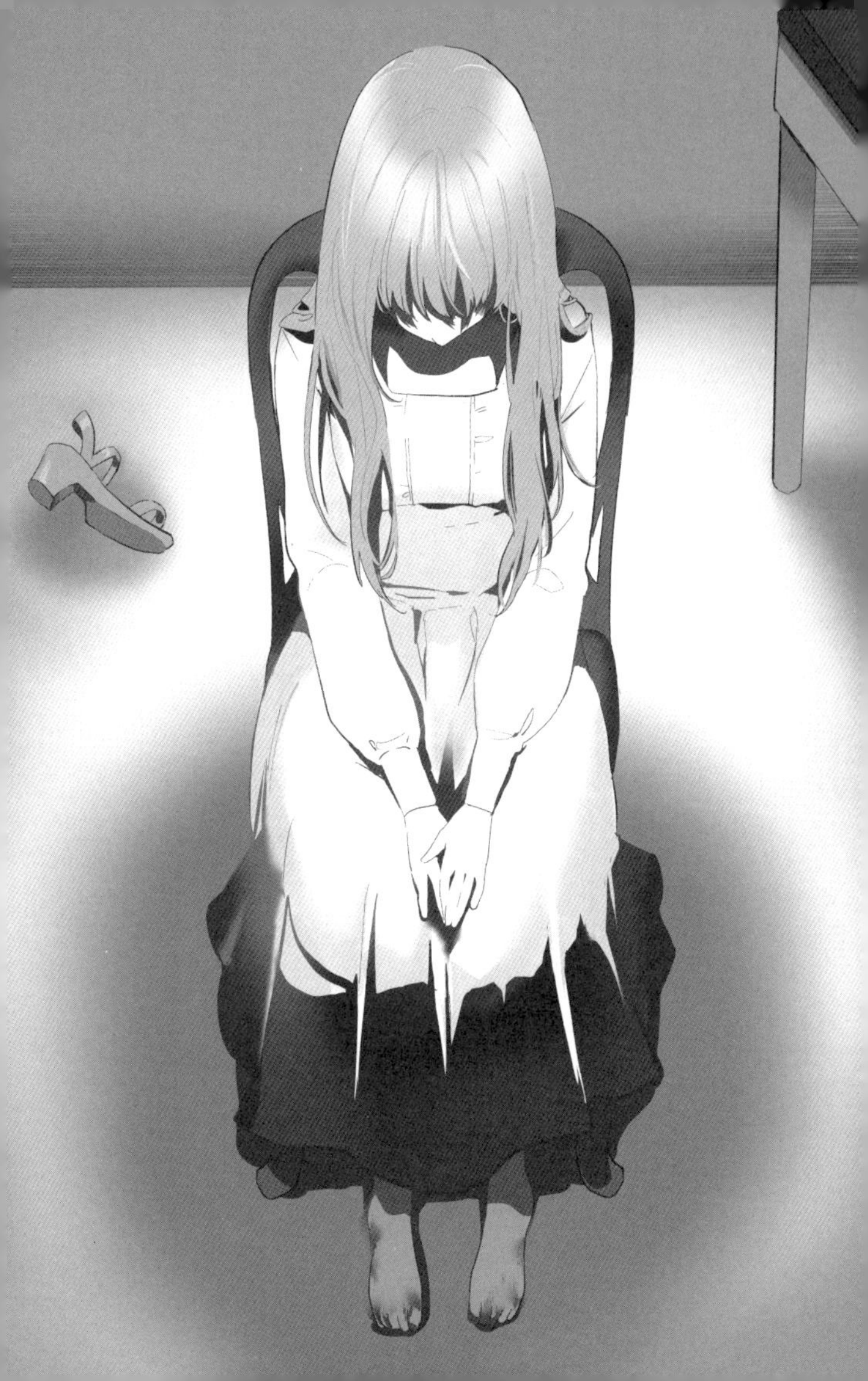

ヴィクトールは、青いサンダルが転がっている場所から少し横にずれたあたりをなぜか凝視《ぎょうし》している。

杏はつられるようにしてそちらを見た。見て、激しく後悔した。

年月を感じさせる飴色のアンティークチェア、クイーン・アン様式のチェアに、くすんだ青いワンピースを着た女性と思《おぼ》しき人物が項垂《うなだ》れるようにして座っていた。腰を痛めるのではないかと心配になるほどに背を丸めて、前屈《まえかが》みの体勢を取っている。枝垂《しだ》れ柳めいた栗色《くりいろ》の長い髪が左右にゆれていた。リズムを取っているかのようにその人が体を小刻みにゆらしているせいだった。

足元を確認すれば、靴は履いていなかった。つま先が汚れ、黒ずんでいる。なにかに引っ掛けたように爪が剝がれている指も見られた。

既視感のある光景に、杏はくらくらした。

気がつけば、適温で保たれているはずの店内が異様に冷え込んでいる。照明だってちゃんとついているはずが、雨の日の夕方のように湿っぽく薄暗い。

あの女幽霊だと杏は確信した。自分の青いサンダルを履いて逃げた、不可解な女幽霊がまたここに出現したのだ。でも変だ。彼女は、こちらが捧《ささ》げたサンダルを受け取り、成仏したのではなかったのか。

（塩は……バックルームのバッグの中だ）

杏は焦った。有効な武器が手元にない。丸腰の状態で、どうやってこの女幽霊を撃退しようか。

あの時のようにヴィクトールが商品解説でもして時間を稼《かせ》いでくれないかと期待するも、彼は女幽霊を見つめたまま微動《びどう》だにしない。店のそばに吊り下げているお守りや塩は、幽霊の侵入を阻止《そし》してくれなかったのか。――もしかしたら自分たちが扉を開けたタイミングを見計らい、うまいこと侵入を果たしたのだろうか。杏たちがはからずも当時の出来事を再現してしまったのをきっかけに。それでお守りの力も届かなかったとか。

女幽霊が、ぎぎぎと錆《さ》び付《つ》いた機械のようなぎこちない動きで顔を上げた。杏はふと思い出した。前回現れた時は、この女幽霊の顔をはっきりと見ていなかった気がする。

今初めて女幽霊の顔を見た。

日本人ではなかった。神経質そうな、鼻の細い綺麗な女性だった。年は三十代前半だろうか。百年前のアンティーク品も海を渡って諸外国からやってくるのだ、幽霊だって自由に海外旅行を楽しむことくらいあるのかもしれない。杏はそんな冗談を口にして少しでも恐怖を紛《まぎ》らわせようとしたが、隣から息を呑《の》む音が聞こえた。ヴィクトールが驚愕の色に染まった目で女幽霊を見ていた。彼もこちら同様、この時初めて女幽霊がどういう顔立ちをしているのか知ったのだろう。

杏は、ヴィクトールが彼女を見ていったいなにに驚いたのか、その理由について、珍しく閃《ひらめ》いた。彼の表情は、「あの時の女幽霊がまたもしつこく現れたのか」という類《たぐ》いのものとは違う。これはきっと既知の人物を思いがけない場所で目撃した時の驚きだ。

(ヴィクトールさん、この幽霊の正体を知っている?)

女幽霊はあらぬ方角を睨みながら、ひたすら小刻みに体をゆらしていた。

次第に不規則になっていくその不気味な動きに、杏は違和感を覚えた。

まるで、縄《なわ》などで手足を縛《しば》られ、その状態で椅子に拘束《こうそく》されているようだ。そしてそれを必死に解《と》こうと身を捻っているかのようだった。

彼女の動作からそんな想像を巡《めぐ》らせた直後、全身が強張《こわば》った。夏の花火大会の夜に、椅子に縛り付けられた記憶がまざまざと、熱気を伴《ともな》って蘇《よみがえ》る。椅子の座面を汚す汗。恐怖。アニメのキャラクターのお面。口に貼《は》られたガムテープの、化学工業製品特有の酸《す》っぱいような嫌な臭《にお》い。吐き気が蘇る。指先が嘘のように震え出す。

杏はその場にへたり込みそうになり、必死に足に力を入れた。奇妙なことに、目の前にいる不気味な女幽霊の存在よりも、頭の中でリピートされた過去の体験のほうがよほど恐ろしく感じられた。自分はまだ、ちっともあの夜に味わった恐怖を克服なんかできていなかったのだと思い知らされた。それがショックで、悔しかった。

「やめろ」

ヴィクトールが怒りと恐れを乗せた声で言った。女幽霊に向けたものだった。

制止の声を受けて、女幽霊は一度動きをぴたりと止めた。ところが次の瞬間、先ほどよりも激しく体をゆらし始める。

(やめて)

杏も心の中で叫んだ。青いサンダルは持っていっていいから、もうあなたのものだから、それを履いてどこか別のところへ行ってよ。

杏は無意識にヴィクトールの腕を摑み、縋《すが》り付《つ》いた。女幽霊に全神経を集中させていたヴィクトールが、夢から覚めた様子で瞬きを繰り返し、杏を見下ろした。その時だ。にゃあん！と怒ったような猫の鳴き声が聞こえた。次いで、鼓膜《こまく》を破くような強烈な耳鳴り。杏は反射的に身をすくめた。ヴィクトールが危険なものから庇《かば》うように杏の肩を抱き寄せた。

窒息《ちっそく》しそうなほど重かった空気が、突如《とつじょ》ふっとゆるむ。空気の入れ替えでもしたかのように呼吸がしやすくなった。

肩の力を抜き、チェアのほうをうかがってみれば、女幽霊の姿は跡形もなく消えていた。

ふいに、足元になにかやわらかいものが擦《す》り寄《よ》った気がして、杏は視線を床に向けた。だがそこにはなにもいない。嫌な感じはしなかった。

なんとなく、猫缶をもう一つ追加してお供《そな》えしなきゃと杏はそう思った。

憂鬱の象徴《しょうちょう》めいた月曜日。

二時限目の休み時間、杏は日の差し込む廊下を歩いていた。冬の日差しは夏よりも透き通っていて、廊下の壁を真珠貝《しんじゅがい》の内側みたいにきらきらと輝かせている。

廊下にはちらほらと生徒たちがいる。彼らの明るい笑い声が乱反射していた。大声で楽しげにクリスマスの予定を話す生徒もいた。なんでもない時なら杏もつられて楽しい気分になっただろう。だが今はなにを聞いても憂鬱の中から抜け出せそうにない。おかげで朝から頭痛に悩まされている。少しだけ休ませてもらうつもりで杏は保健室に向かっていた。

保健室は一階の、正面入り口に近い位置に設《もう》けられている。階段をちょうど半《なか》ばまで降りた時、下からやってくる生徒に気づいた。上田《うえだ》だった。

杏は思わず足を止めたが、彼はこちらを見向きもしなかった。無意識に彼の前に体をずらした。通せんぼするように。そこでようやく上田が迷惑そうに杏を見た。

「……邪魔」

と、上田はぼそりと言った。その温度のない声から、もう終わったことには興味がない、記憶にとどめておく価値もないとでもいうような徹底《てってい》した無関心が感じ取れた。

――前に渡された鉢植《はちう》えを返したい。

上田と会った時には必ずそう伝えようと決意していたはずだ。日々のポルターガイストだけでもじゅうぶんすぎるほど悩ましいというのに、リアルの犯罪なんかに巻き込まれたくはない。巻き込まないでほしい。それが偽《いつわ》らざる杏の本音だった。

きっと上田は想像もできないような……いや、想像したくもないような悪事に手を染めている。このままだと彼自身、いずれ大変な目に遭《あ》うだろう。――杏は、絶対に関わりたくないと胸中で相手を突き放しながらも、不思議と、彼にはどこかで踏みとどまってほしいようなもどかしい気持ちも抱いていた。だからとっさにポケットにあったものを摑み出し、彼の胸に押し付けた。勢いが強すぎたせいか、上田の上体がゆらいだ。

「あっ……ぶないだろ、人を階段から突き落とす趣味でもあるのか?」

怒りの滲《にじ》む声で詰《なじ》られたが、杏は取り合わず、上田を見据えた。

「お守りをあげるから、自首して」

杏は、突き出した『お守り』を受け取ろうとしない上田に焦《じ》れて、勝手に彼のブレザーのポケットにそれを押し込んだ。

上田が重たげな前髪の隙間から戸惑ったような視線を杏に寄越し、ポケットに押し込まれた『お守り』を指先で慎重《しんちょう》につまみ出した。それがなんなのかを確認すると、彼はもっと戸惑ったようだった。

「……これ、飴?」

杏が彼のポケットに押し込んだ『お守り』の正体は、星形をしたソーダ味の飴だ。

昨日のバイトの帰りに車で送ってくれたヴィクトールに頼んで寄ってもらったコンビニで、「甘いお菓子でも食べたら少しは気分が晴れるかも」と考え、他の物と一緒になんとなく購入したものだ。その程度の軽い動機だったから、帰宅後はバッグに入れたままで購入したこと自体すっかり忘れていた。そういえばと思い出したのは今朝《けさ》のことで、せっかくだからと、制服のポケットにいくつか放り込んでおいたのだった。

なんらかの予感があったわけではなかったが、まるでこの瞬間のために購入したような錯覚《さっかく》を抱いてしまう。

「いや、飴がお守りって、意味がわからないんだけど、なに? ……っていうか、自首ってさあ!」

上田が唇の端を歪めた。

「いったいなんの話? いきなり自首しろって、君って日常的に頭おかしい人?」

わかりやすく嘲《あざけ》る上田の態度に呑まれないよう、杏は両足に力を入れた。

「上田君ほどじゃない。……前にもらった鉢植えは私の手に余るから、返すよ。明日持ってくる」

「いらなかったら捨てていいって言ったじゃん。あんなの邪魔だから学校に持ってくるなよ」

上田はもう興味をなくした様子で杏から顔を背《そむ》けると、「待って」と引き止める杏を無視してさっさと階段を上がっていった。

杏は彼の姿が見えなくなるまで待ったのち、大きく息を吐いた。心臓が強く引っ叩かれたように激しく脈打っていた。

なんの植物も育っていない、白い化粧石を目一杯詰めただけの鉢植え。果たしてそこに詰め込まれているのは本当に化粧石のみなのか。雪路と共通の友人である真山徹《まやまとおる》から持ち込まれた「赤い靴の幽霊退治」の真相を、杏は恐怖とともに鮮明に思い出す。奇妙な騒動だった。人によって真実が少しずつ異なっていた。中でも上田の主張は一番おぞましく強烈なものだった。知り合いの男性を殺害して、遺体をバラバラにした――そういう、ぞっとする話だ。骨は細かく、小石ほどになるまで砕《くだ》いたのだと。小石。杏は寒々しいものを覚えた。

殺しの本命は別の人間なのだとも上田は言っていた。

そしてあの鉢植えを渡された日、杏は、上田の肩に見覚えのある派手な雰囲気の女性の首がくっついているのを見た。ミッションコンプリートだ。しかし、こちらの目に映るものを彼に知らせたところで、素直に信じてもらえるわけがない。幽霊に取り憑かれていると言われて、本気に取る人間などどれほどいるのか。だから、言わない。けれども。

杏は上に羽織っていたカーディガンの裾《すそ》で手汗を拭《ぬぐ》った。

真実から目を逸らし、曖昧《あいまい》な態度で懇願《こんがん》したところで、そんな薄っぺらい正義感や善意なんか相手の心に届くわけがない。

水曜日にはきっとなにかが始まるラッパが響く。

放課後にスマホを確認し、室井からメッセージが届いていることに杏は気づいた。ヴィクトールが月曜、火曜と続けて引きこもって姿を見せないので、バイトに来る前に彼を工房に連れてきてほしいという内容だった。

工房長の小椋《おぐら》にまで気づかれているかは不明だが、室井に関しては、杏がヴィクトールを恋愛的な意味で好きなことを知っている。そんな理由もあって、人のいい室井は、こうして度々《たびたび》杏の背を押すような真似をする。

こちらの未熟な恋を肯定《こうてい》し、なおかつ応援してくれるのは嬉しいが、今回みたいな場合は少し迷惑でもあった。大人って、たまに不必要なほど若者を応援してくる。

クラスメイトの雪路からはなにもヴィクトールの話を聞いていない。先週の件で気を遣っているだろうことは簡単に予想できる。雪路にもヴィクトールに対する恋心はバレている。こういうお節介は本当に気恥ずかしいのでやめてほしい。

杏は悶々《もんもん》としながらも室井に了解の旨《むね》の返信をすませ、下校した。

バイトの入っている平日は雪路と下校することが多いが、今日は友人とカラオケに行ったのち工房に向かうと彼から断りを入れられている。そのため一人で先に店へ向かう予定だった。

杏は月曜日からしがみ付いて離れない憂鬱とともに、通学用リュックを抱えて制服姿のままヴィクトールの自宅に向かった。途中まではバスを利用する。

座席に落ち着いたあとで、念のためにこれから自宅へうかがうというメッセージを送ったが、既読にすらならなかった。これは予想できた展開なのでとくに落胆《らくたん》もしなかった。

バスのかすかなゆれに身を任せて、車窓の向こうで流れる景色をぼんやりと目に映す。冬の西日は白く、チンダル現象のように木々や建物の合間から光の筋を作っていた。それが杏の目をやわく刺した。

まばゆさに薄く瞼《まぶた》を開きながら、杏は日曜日の出来事を頭の中に呼び起こした。

異国人の顔つきをした女幽霊が姿を消したあとも、ヴィクトールはうろたえ続けた。杏がどんなに宥《なだ》めすかしても落ち着かず、あげくに今日は店を閉めると言い始めた。バイト代はちゃんと出すと言い添えられたが、そういう問題ではない。

反論の言葉が喉から飛び出しかけたものの、杏は結局引き下がった。ヴィクトールが今にも気を失うのではないかというほどに青ざめていたせいだ。

工房のほうは小椋たちがいるので、ヴィクトールが不在であっても困ることはない。気がかりなのは製作スケジュールだが、このあたりはバイト待遇《たいぐう》の杏が口を挟む話ではないだろう。

帰りも、ヴィクトールはわざわざ車を回し自宅まで送ってくれた。途中でコンビニに寄ってもらったのち、今日はもうどこへも出掛けるなとしつこく忠告された。

それから、連絡がない。普段から気軽にメッセージを送り合う仲でもないので、そこはさほど深刻に捉《とら》える必要なんかないのだろうが、こういう時はやはり気になってしまう。

ヴィクトールが見せた過剰《かじょう》な反応について、誰に相談すればいいのか杏は悩んだ。自分以外であの女幽霊を目撃したのはヴィクトールだけだ。いつもなら、こうしたもやもやはヴィクトールが解決してくれた。だが今回は頼みの綱《つな》のヴィクトールが渦中《かちゅう》の人となっている。

雪路にならば相談しやすいし、本人からもなんでも話してくれていいと言われているけれど――ヴィクトールのプライベートというか、もしかしたら深い部分に踏み込みそうな相談を許可なく他人に持ちかけるのは気が引ける。

（あの女性の幽霊の正体をヴィクトールさんは知っている）

どういう関係のある人なのかと一言聞けばすむような簡単な話なのに、杏はいたずらに理由をつけてそうせずにいた。今の自分が、ヴィクトールの抱《かか》える事情にどこまで近づくことが許されるのかもわからない。

杏は窓に頭を寄りかからせて目を瞑った。悩み事が多すぎる。受験に恋に女幽霊に不審者、鉢植え。美容室にだってそろそろ行かなきゃいけないし、店にクリスマスツリーも飾らなきゃいけないし、香代や春馬とか、お世話になった人たちにちょっとしたクリスマスプレゼントを用意しなければ。友人や家族用のプレゼントも。工房の人たちにはなにを贈ろうか。

ありふれた日々って、なんでこんなに目まぐるしいのだろう。

大人になれば、世界は今よりもっと忙《せわ》しなく、騒がしいものに変わるのだろうか。それは、楽しみなような、怖いような気がする。『大人』の行列からはみ出さずに、ちゃんと地に足をつけた正しい人間になれるのかも不安だった。

最寄りの停留所で降りたのちは、木々の上部に飛び出ている教会の屋根を目印に早足で道を進む。この周辺は本当に静かで人通りも少ない。バスを降りてから杏がすれ違ったのは、教会帰りらしき老婦人と子ども二人、それに白いトラックと黒の大型バン。それだけだ。

靴音を響かせて進むうちに、ヴィクトールの家が見えてきた。コンドミニアムを連想させる白壁の建物。屋根は平らで、一階、二階ともに水色の窓枠《まどわく》が並んでいる。海外の住宅のような小洒落《こじゃれ》た雰囲気だ。杏は外気で冷えた頬を両手で包みながら玄関ドアに近づいた。チャイムを押して、しばらく待つ。

しかし、応答がない。通学用のリュックを抱え直し、杏は首を傾《かし》げた。ヴィクトールの所有するSUVが家の横に停められているので、外出してはいないはずだ。なら前回訪問した時のように、家の斜《なな》め向こうに設けられている半円状の屋根の倉庫にいるのかもしれない。そう考えて杏は眉間《みけん》に皺《しわ》を寄せた。また密会の現場を目撃するのはできれば遠慮《えんりょ》したい。

家の扉の前で向こうに行きたくない気持ちを右に左に転がし、何度か唸《うな》ったあと、杏はあきらめて倉庫へ近づいた。

倉庫の入り口は引き戸タイプで、近づいてわかったことだがわずかに隙間が空いていた。ということはやはり、誰かが中にいる。

杏は知らないうちに息を潜《ひそ》めていた。わずかな隙間の向こうには、暗闇《くらやみ》が広がっている。明かりをつけていないのだろうか。

長いことその場でまごまごとしてから、覚悟を決めて引き戸に手をかける。重たい戸ではあったが、軋《きし》み音も立てずに開くことができた。

内部は、「ツクラ」の工房の作りとよく似ているように思われた。そうと断言できなかったのは、高い天井《てんじょう》からぶら下がるライトが最低限の光量しかもたらしてくれなかったためだ。ぼんやりと浮かんで見えるのは手前側のスペースのみで、中央から向こうは暗闇に溶けており、ほとんど様子がわからない。

杏は、「ヴィクトールさん?」と呼びかけて倉庫に入った。乾いた木屑《きくず》の匂い、機械油の匂い、塗料の匂い、沈澱《ちんでん》する空気の匂い、冬の匂い。様々な匂いが渦《うず》を巻き、波のように杏の身を襲う。空調の音がうっすらと聞こえるが、外よりも空気が重く感じられる。

中央より少し奥のあたりで、もぞりと緩慢《かんまん》に影が動いた。そこにうずくまっていた誰かがどうやら身を起こしたらしい。杏はもう一度、ヴィクトールさん、と呼びかけた。作業中だったのだろう。集中していたところを邪魔したかと後ろめたさが胸にわく。

だが、省エネを心がけるような性格でもないのに、こんな薄暗い中で作業するなんて危険じゃないだろうか。香代のように木工機械で怪我をする人もいるのだ。

そちらへ近づく途中で、杏は足元に置かれていた椅子のひとつに足を引っ掛けそうになり、慌てた。

シンプルなボウバックのチェアだった。

視線を正面に戻せば、多少目が慣れたのと、天井のライトの近くに来たこともあってか、先ほどよりは奥側の様子がうかがえた。意外と無造作な感じでたくさんのチェアや家具、雑貨と思しきものが保管されている。これらは皆、修理前のアンティークだろうか。

好奇心を膨らませ、さらに近づこうとしたところで杏は首筋に妙な冷気を感じ取り、ふと足を止めた。身を起こした人物が棒立ちになってこちらを見ていた。

背丈《せたけ》からして男性であるのは間違いない。オーバーサイズ気味の黒いパーカーを着て、つば付きの帽子を目深《まぶか》にかぶっている。顔は、帽子のつばの影になっていて判然としなかった。暗闇を塗《ぬ》り固《かた》めたような姿に思えた。背中に不吉な痺《しび》れが走った。

杏は遅れて気づいた。

この影は、ヴィクトールじゃない。

大きめのパーカーのせいでわかりにくいが、彼よりも体格がいい。

杏はリュックを肩にかけ、後退《あとずさ》りした。暗闇のような男から目を逸らせなかった。逸らした瞬間に男は悪魔に変身しそうだった。なにかが足にぶつかった。見なくてもわかる。さっきのボウバックのチェアだ。頽《くずお》れるようにして杏はその場に屈《かが》み込《こ》んだ。骨が消失したみたいに足に力が入らない。

杏は椅子の座面に縋ってなんとか立ち上がろうとした。逃げなきゃ。ヴィクトールに不審者がいるって知らせないと。それとも110番が先？　いや、ヴィクトールの知り合いかもしれない。でも、だったらなぜ明かりをちゃんとつけないのか。とにかく、とにかく一刻も早く立ち上がらなければ。

座面を摑む手にぶわっと汗が滲む。ああまただ！　汗で汚してしまうの、嫌なのに！　舌打ちでもしたいような最低な気分で杏は歯を食いしばった。早く立たないと。

自分を急《せ》かし、そしてふと、見上げる。

目の前に、暗闇のような男が立っていた。スローモーションのようにゆっくりと男の黒い手がこちらへ伸びてきた。

杏の頭の中で、次々と花火が上がった。色鮮やかな花火を背に、アニメのキャラクターのお面をつけた男がこちらを向いて立っている。手にはガムテープが握られている。お面の男が杏に向かって手を伸ばしてくる。

その姿が、目の前の男に重なった。

3

杏《あん》はボウバックチェアの座面に縋《すが》り付《つ》きながら、こちらに手を伸ばしてくる不審者を信じがたい思いで見上げた。

「え……、誰なの？」

小声になってしまったが、それでも相手の耳にはしっかり届いたはずだ。だが返事はない。

上下とも黒い服で揃《そろ》えたその男は、杏が床にへたり込んでいて見上げる形になったためか、山のように大きく思えた。倉庫内の光量の乏《とぼ》しさも男をいっそう不気味な存在に仕立て上げている。顔すらも黒々として見えたのは、目の下の位置まで引き上げられている黒いマスクと帽子のつばが生む影のせいだ。

「私に近づかないで」

先ほどよりもか細い声が出た。無言を貫《つらぬ》く不審者の手が目の前まで迫《せま》っている。不幸をもたらす象《しょう》徴《ちょう》のようなその手に、鳥肌が立つ。

（嫌だ）

肩からずり落ちていた通学用のリュックを両手で摑むと、杏は、暗闇《くらやみ》のような姿の男に向かって力いっぱい投げ付けた。

「向こうへ行って！」

必死に男を睨《にら》み上《あ》げたが、実際はこの体勢だし、リュックの中には参考書やペンケース、小椋《おぐら》から借りた文庫本、ポーチなどが入っている。教科書は基本的に教室に置きっ放しだ。

（ああっもうっ、これ全然効果ない！）

ずしっとくるほどではなくともそれなりに重量のあるリュックがボールのような速さで飛んでいくはずもなく、かろうじて男の脛《すね》にぶつかるという情けない結果で終わる。

リュックの衝突音《しょうとつおん》は意外にも大きく響いたが、どう考えても相手へのダメージはゼロだ。

しかし、この攻撃はよほど予想外だったのか、あるいはリュックが立てた音のほうに驚いたのか、男は身を引き、怯《ひる》むような気配を漂《ただよ》わせた。続いて舌打ちが聞こえた。

男が思わず漏らした短い罵声《ばせい》を耳にして、杏は、ひょっとしてこの不審者は外国人だろうかと考えた。その前提で男を観察すれば、全体の雰囲気もなんとなく日本人らしくない。

杏は頰を膨《ふく》らませて息を止めると、チェアの座面をぐっと押し除《の》けるようにして立ち上がった。チェアの脚が床面と擦《こす》れ、妙に金属的な不快音を響かせた。

外に出ればなんとかなる。大丈夫。杏はそう自分を奮《ふる》い立《た》たせた。薄暗い場所で対峙《たいじ》するから過剰《かじょう》に恐怖してしまうのだ。戸の向こうへ逃げられさえすれば、干《ひ》からびてしまったような喉からも、きっと大声を出せる。「助けて」と叫べる。

自分が先ほど通ってきた出入り口を、杏はさっと確認した。身の幅《はば》の分のみ開かれている引き戸。薄暗い倉庫内からだと、縦に細長く切り取られた外の世界は真っ白に見えた。急に、そこまでの距離があきらめたくなるくらい遠く思えて、目眩《めまい》がする。何十メートルもあるわけじゃないのに。

弱気になった報《むく》いだろうか。いや、単に逃げることに頭の中を占領されて他に気が回らなかったのが敗因だろう。足元が疎《おそろ》かになった。

倉庫内には雑多と評したくなるくらい様々な家具類が保管されているので、そもそも走り回るのには不向きな場所だ。出入り口を目指してほんの数歩駆け出したところでブーツのつま先がなにかに引っ掛かり、杏は転倒した。その拍子に、そばに置かれていたらしきスツールに勢いよく突っ込んでしまう。スツールは同一デザインのものが積み木のように数脚重ね置きされている。杏の体がぶつかると、スツールの積み木は派手な音を立てて崩れた。

肩や膝、腹部と、とにかく体のあちこちに衝撃が走り、この時ばかりは恐怖よりも痛みが勝って涙が滲《にじ》んだ。

「うっ……」

杏は呻《うめ》き、歯を食いしばった。

自分の間抜けさを嘆《なげ》く余裕はない。背後から暗闇のような男がにじり寄ってくる。

身を襲った痛みのせいですぐには起き上がれないでいる杏の腕を、男は乱暴に掴み、無理やり立たせた。

「嫌だったら！　離して！」

杏はぞっとし、もがいたが、男の手は自分の腕から離れなかった。

暗闇のような姿の男は倉庫内の薄暗さに目が慣れているらしく、迷うそぶりも見せずに杏を肘置《ひじお》きのないダイニングチェアのひとつに座らせた。

それから、杏にとっては不運なことに足元近くに放置されていた紐《ひも》——荷の梱包《こんぽう》の際にでも使用されたような細いロープらしきもの——を男は手に取った。

（私を椅子に拘束《こうそく》する気だ）

杏は身が痺《しび》れるほどの恐怖を抱《いだ》いた。本当に花火大会の夜の出来事を再現したかのような既視感のある状況だ。

もちろんこの暗闇めいた姿を持つ男は、あの夜に杏を襲った望月峰雄《もちづきみねお》ではない。別人だ。

（だからやっぱり——椅子に拘束される以上のひどい行為が待っているかもしれない）

少なくとも望月は、杏を傷つける気はなかったと証言している。その悔恨《かいこん》が単なるポーズなのかそれとも本心なのかは不明だが、まったく気遣《きづか》われないよりはましに違いなかった。

この暗闇のような姿の男は、どうだろう。

どれくらい残忍《ざんにん》なのだろうか。

「お願い、やめて。見逃してください」

杏は懸命に頼んだ。男は耳を貸さなかった。答えははっきりしていた。

絶望感で一瞬、目の前が真っ暗になる。すると闇の中に恒星のような赤い渦《うず》が見えた。恐怖の渦だった。恐怖が体の中で燃え盛る火炎と化し、じわじわと体温を上げている。耳の後ろが熱い。吐き出す息も白く凍《こご》える季節だというのに、厚地のタイツがしっとりするほど汗をかいている。

暗闇のような姿の男が、杏の座るダイニングチェアの背後に回った。ロープらしきものが杏の胸の下に巻き付けられる。

男は、呼吸音がはっきりと聞こえる近さにいた。嚙みすぎて饐《す》えてしまったようなガムの匂いも微《かす》かに嗅《か》ぎ取《と》った。杏はもう身じろぎすらできなかった。

（助けて）

誰にともなくそう願う一方で、ここにヴィクトールがいなくてよかったと杏は心底思った。こんな悪魔みたいに真っ黒な姿を持つ恐ろしい男となんか、対決してほしくない。だって本当に悪魔かもしれない。もしも本物だったら、いくらヴィクトールが普通の人間よりエキセントリックで弁が立つ人であっても、さすがに勝ち目はないだろう。

いや、彼なら、激しく混乱しつつも滑《なめ》らかな口調で椅子の解説をしかねないか――。

花火大会の夜同様、思考が四方八方に飛び跳ねた時だ。

暗闇のような姿の男が突然小さく悲鳴を上げた。杏は驚き、目を開けた。男の頭上を数羽の鳩が飛んでいる。と思いきや、その数羽が男に襲いかかった。違う、鳩じゃない。本だ。

「えっ⁉　あれ、私の……？」

杏は目を疑った。男を襲撃しているのは、自分の通学用リュックの中にあるはずの文庫本。それに、参考書などだ。文庫本はともかく、あの分厚さは、頭に当たると痛い。

男は両腕で頭部を庇《かば》い、罵《のの》り声《ごえ》を上げた。罵声の中に、杏の耳に馴染みのない言葉が混ざっている。やっぱり外国人らしい。いや、人種なんて今はどうでもいい。

（なんで私の本が鳥みたいに飛んで……っていうか、まるで透明人間が不審者に投げ付けているみたいな……）

と推測して、杏は困惑した。まさか。

「……幽霊？」

杏の独白が聞こえたのか、男が振り向いた。日本語での発言なので、たぶん外国人だろう男が言葉の意味を正確に理解したかは怪しい。が、今この倉庫内には自分たち二人しか存在しない。だから、当然こちらが投げ付けてきたと考えたに違いない。でも、ありえない。自らの手で杏を拘束しようとしていた男がそれを一番わかっているはずだ。

男は明らかに杏を恐れていた。こちらに顔を向け、なにかに迷うような雰囲気を漂わせたが、不可解な状況に対する恐怖のほうが勝ったのだろう。杏をこの場に置き去りにして、彼は真っ白い外の世界へと続く出入り口に向かって駆け出した。

「あっ……」

その瞬間、杏は見た。無造作に置かれている椅子の下から伸びてきた白い手を。誰かがそこに潜《ひそ》んでいるかのようだった。不気味な白い手が、横切る男の足首を力いっぱい掴む。

男はさっきの杏のように転倒した。だがすぐに立ち上がり、罵り声を撒《ま》き散《ち》らして戸の外へ逃げていく。十二時の鐘を聞いたシンデレラみたいに片方のスニーカーをその場に残している。もちろん偶然ではない。不気味な白い手が逃すまいとでもいうように悪意を込めて男のスニーカーを掴んでいた。

杏は中途半端に椅子に拘束された状態のまま、男が逃げ出す様子をぼんやりと見つめた。やがて椅子の下から不自由そうに誰かが——白い手の持ち主が這《は》い出《で》てくる。本来ならそこは、人間が隠れられるはずのない狭《せま》いスペースだ。そのため、全身の関節をありえない方向に折り曲げて前進している。両腕のあとには、頭が出てきた。腕の長さや太さからして、大人の女性とわかる。ああ、あのシンデレラ靴《ぐつ》の女幽霊だと杏は気づいた。

とするなら、男に本をぶつけていたのも彼女なのか。

「違う……、もう一人いる？」

杏は無意識に否定した。不審者に本をぶつけていたのは別人に思えてならない。

そう、たとえば……小椋の元妻とか。なぜならあの文庫本は小椋から借りている。

（それに、はっきりと私を助けようとする感じがあった）

投げ付けられていた本の勢いに、男に対する怒りが確かに読み取れた。

外から誰かの声が聞こえてきた。倉庫に接近する気配を感じ取る。

あの男がまさか戻ってきたのかと思った直後、ふわふわしていた意識が再び恐怖一色に染め上げられた。全身がぎゅうっと縮こまったような気持ちがした。

しかし、足音を立てて倉庫の中に飛び込んできたのはあの男ではなかった。ヴィクトールだった。引き戸を限界まで乱暴に開け、一気に照明をつける。

急なまばゆさに杏は目を焼かれたような心地になり、きつく瞼《まぶた》を閉ざした。

「杏！」

大声は、目の前から聞こえた。

片目ずつ恐る恐る瞼を開くと、ダイニングチェアに座ったままの杏の前にヴィクトールが膝立ちをしていた。なぜか彼の片手には、見覚えのある青いサンダルが握られていた。

ここで杏はようやっと深呼吸をした。

それまでは、自分がちゃんと呼吸できていたのかもわからなかった。もしかしたら少しの間死んでいたのかもしれない。そんな馬鹿な考えが頭の中を通り抜けた。

ヴィクトールは片手に青いサンダルを握ったまま、杏の胸の下に半端に巻かれていた細いロープを荒っぽく外すと、それには目もくれず床に放り捨てた。

白々とした照明の下で見るヴィクトールの顔は、痛々しく思えるくらい青ざめていた。

「悪かった」

と、唐突にヴィクトールは謝罪した。

その一言を皮切りに、彼は雪崩《なだれ》のような勢いで喋《しゃべ》り出《だ》した。

「本当に悪かった。とっくに察してはいるだろうが、君が家に来た時、居留守を使ったんだ。メッセージにも目は通していた。俺の状態を気にかけて様子を見に来てくれたのはわかっている。だが俺はこう見えて繊細《せんさい》なたちなんだよ、知っているだろ。気が塞《ふさ》いでいる時は、誰にも会いたくない――それに、どうせ君は倉庫のほうにも寄るだろうと思った。なら、億劫《おっくう》だが、遅れてそっちに向かえばいいかと考えていた。少しだけ。いや、これは自分ばかりに都合のいい浅慮《せんりょ》な甘えだ。俺はもう二度と君に対して安易な居留守は使わない」

他の人が訪問した時には居留守を使うのかな、と考えながら杏は、血の気の引いた表情で懺《ざん》悔《げ》するヴィクトールを見つめた。正直な人だなあと感心もする。嘘でも、「誰に対しても居留守は使わない」とは誓《ちか》わないのか。

「これでも本当に後悔しているんだよ」

ヴィクトールは目尻《めじり》を下げると、おずおずとした動きで杏の太ももに両腕を乗せ、そこにうつ伏せになるように頭を置いた。タイツが濡れるほど汗をかいていたので、触れられるのは少し嫌だったが、軽い口調で拒否できるような空気ではなかった。

「俺がすぐに行動せず、のろのろしていたからか、部屋にいる時、背中にいきなりこれがぶつかってきた」

ヴィクトールが杏の膝に乗せた腕の上に顔を伏せたまま、もぞもぞと片手を動かす。握ったままの青いサンダルを小さくゆらし、それをぽとっと床に落とす。

「爪で思い切り心臓を引っ掻《か》かれたような気持ちになったよ。そして俺がどれほどの衝撃を受けたのか、きっと誰にもわからない。君にだってわかるものか。ああ、いや、違う、責めてない。そうじゃない、ただ俺は、そこで多くのことを察してしまった。自分を中心に、思いもよらない悪い事が起きていると、そう気づいたから」

いつでも考えすぎる人だものね、とくに悪い方向に、と杏は納得した。

突如《とつじょ》出現した青いサンダル、杏、真っ暗な倉庫、そこに保管されている椅子、花火大会の夜の出来事、といった順序で、ざざっと連想し、慌ててこちらに駆け付けてきたのだろう。

あの夜の出来事は、ヴィクトールの心にも濃い影を落としているようだ。

「本当に君は、なぜ繰り返し危険に……違う、これも責めているわけじゃないんだ、ただ」

こうまで支離滅裂《しりめつれつ》な話し方をするヴィクトールも珍しい。杏はとりあえずこのヴィクトールが本物かを確かめるため、髪に触れた。寝癖《ねぐせ》らしき跡が後頭部側についている。

ヴィクトールは、飼い主に対して頭突きする猫のように、自身の頭をぐいぐいと杏の腹部に押し付けてきた。でも彼は成人男性で、猫みたいなかわいいサイズではない。腹部が圧迫され、杏は少し苦しくなった。ただ、こういう振る舞いから、本物だとは確信できた。この人は、一応は異性である杏に対して距離感がおかしい。

「すまなかった。俺は君になにをしたらいい?」

ヴィクトールが顔を上げて杏を見た。やっと視線を合わせてくれた。彼は弱り切った顔をしていた。憂《うれ》いたっぷりの沈《しず》んだ表情であっても美男子ぶりは損なわれていない。見惚《みと》れるのはいつものことだが、それでもさほど心拍数が上がらないのは、やはり体内に残る恐怖の火炎のせいかもしれない。

ヴィクトールが視線で杏の返事を促《うなが》す。

「私は――」

さっきの不審者はどこへ行ったのだろう。ヴィクトールが飛び込んでくる直前、倉庫の外で声がしていたが、男と接触したのではないだろうか。でも男を捕まえるよりも倉庫に駆け付けることを優先したのか。

それに、自宅にいたというヴィクトールの背中に、いったい誰がサンダルをぶつけたのだろう。いや、そこに関してはなんとなく想像がつくが――。

他にも聞きたいことがあるのに、問う気力が湧いてこない。今すぐ眠ってしまいたいくらいに杏はこのわずか数分で疲労し切っていた。

「……わからないです」

考えることにも疲れ、杏は全部投げ出すような声で答えた。我ながらひどい声だった。

「わかるまで待つよ」

杏の無責任な返答に、ヴィクトールは憂鬱《ゆううつ》を深めたような眼差《まなざ》しを返してきた。


今回ばかりはさすがに通報を避けるわけにはいかない。

大義そうに身を起こしたヴィクトールがポケットからスマホを取り出し、警察に連絡を入れる。杏もダイニングチェアから立ち上がり、通話が終わるのを待った。

パトカーの到着までに、ヴィクトールと多少の辻褄《つじつま》合わせをしておく必要がある。

「ヴィクトールさんのほうにサンダルが出現したのとたぶん同じタイミングか、少し前くらいに、私のほう……倉庫のほうでも心霊現象がありました」

杏の報告に、ヴィクトールはスマホをポケットにしまう手を止めた。聞かなかったふりをしようかと彼が本気で葛藤《かっとう》しているのが伝わってきたので、杏は口早に説明を続けた。

「椅子に拘束された時に、私のリュックに入っていたはずの文庫本がいきなり不審者に投げ付けられたんです」

「ああ、そう……文庫本」

「小椋さんから借りていたもので――たぶんアレって、小椋さんの」

「それ以上言わなくていい。想像してしまうだろ、やめてくれ」

ヴィクトールが自分の顔を両手で撫《な》でながら、ストップをかけてきた。

「椅子の下からも白い手が伸びてきて、逃げ出しかけた不審者を引き止めようとしたんです。あの、あそこに落ちているシンデレラ靴――じゃなくて、黒いスニーカーは、その時に不審者が落としていったものです」

床に転がっているスニーカーを杏が小さく指差すと、ヴィクトールは肺に残っていた酸素をすべて吐き出すかのように深々と溜め息をついた。

「だから、俺に余計な考えを抱かせるような言葉を聞かせるなよ……」

警察が到着するまでに必要な情報を共有しておきたかっただけなのに。

そう戸惑ったあとで、杏は気づいた。「シンデレラ靴」という表現から、ヴィクトールはおそらく、杏のもとに現れたのも、例の青いサンダルに関わった女幽霊だと察知したのだろう。杏自身、女幽霊からの連想でシンデレラ靴ととっさに口にしている。

「……。あっそうだ、不審者はたぶん日本人じゃないです」

「へえ」

気のない返事だ。そこはヴィクトールもとっくにわかっていたのだろう。

「それと、あの、さっき座っていたダイニングチェアですが、汗で汚しちゃったかも」

「はあ？　君なあ！　そういう……」

一応断っておくべきと思っての発言だったが、これにヴィクトールは目を吊《つ》り上《あ》げた。

「あのな、『でもあれってお高いアンティーク品では？』と言いたげな顔をするんじゃない。そうだよ、ヴィクトリア時代のね！　だが修繕前《しゅうぜんまえ》のものだから無用な気を回さないでくれ」

いやなにも言ってない……と杏は困ったが、口答えしないほうがよさそうだ。

「警察には基本的に正直に話してかまわないが、ポルターガイスト関連のことはすべて伏せておけよ。あと、君の……サンダルに関しては、俺が保管しておく」

ヴィクトールは不機嫌さの残る表情で念を押すと、そこら辺を含めて警察にどう説明するか、簡潔に指示した。杏は了承した。偽証は後ろめたいが、だからと言って真実を包み隠さず語れるわけでもない。「私の拘束を目論《もくろ》んだ不審者を追い払ってくれたのは幽霊だった」などと冗談でも口にした瞬間、正気を疑われる。下手《へた》をすれば通報自体も悪戯《いたずら》目的ではないかと誤解されかねない。

幼少時から杏は、大なり小なり幽霊絡みの騒動に巻き込まれてきているが、警察沙汰《ざた》にまでなったのは初めてだ。正確には、事情聴取を受けるのは初めての体験だった。

ヴィクトールの通報から数分後、サイレンが近づいてきた。海の底で眠りについているかのように静かな町を一発で目覚めさせるくらいの強烈な音だった。どうしてパトカーのサイレンってあんなに人をドキッとさせるのだろう。

驚くことにパトカーは五台も連《つら》なって現れた。制服姿の警官に対応したのはヴィクトールで、彼は「店で雇用しているバイトの子に、倉庫に保管中の商品の点検を頼んだ。その時、倉庫内に不審者が潜んでいるのを目撃した。不審者は彼女を拘束しようとしたが、そこに自分が遅れて現れたため逃亡した」と説明した。

まあ、そう伝えるしかないだろうという無難な内容だ。ここらは事前の指示もあり、杏も同様の証言をした。

とはいえ、杏が聴取を受けたのは町で一番大きい病院に移動してからだ。てっきり警察署にでも連行されるのかと内心身構えていたので、いささか拍子抜けした。むしろ病院まで警察官に優しく付き添われ、戸惑ってしまった。指摘されるまでまったく気づかずにいたが、スツールに衝突した際にそうなったのか、厚地のタイツが破けており、膝あたりに血が滲んでいた。自分では見えないけれど、顎《あご》の下にもかすり傷があるらしかった。

診察前に保護者への連絡を勧められ、病院から杏は以前の住居に今も暮らし続けている父親のスマホに電話を入れた。留守電になった。母親にも同じようにかけたが、そちらも不発。正直、これはわかっていたことだった。警察官には複雑そうな顔をされた。

(うちは放任主義……)

杏は終始ふわふわとした意識で警察官の問いに受け答えした。正確には何時頃の出来事だったか、どんな風貌《ふうぼう》の人物だったかなどを、気遣わしげな態度で聞かれた。ヴィクトールの証言と比較するためだろうかと杏は考えた。それにしても頭痛がひどい。

傷の手当てを受け、一週間分の薬を処方してもらった。外用剤の他に内服薬も出された。頭痛緩和《かんわ》の成分を含有する抗不安薬の服用時の注意点などを丁寧に説明されたが、その辺の話は突風みたいにあっという間に杏の耳を通り抜けていった。

警察署に寄ったのは治療をすませたあとだ。ヴィクトールとは到着後に別行動を取らされた。署内の会議室で、病院でも受けたような質問を、先ほどの警察官とは別の年配の捜査員にされる。その後に連絡先や氏名、本人による証言だと示す書類に記入を求められた。杏はとっくにへとへとだった。

帰りもパトカーで自宅まで送ってくれた。サイレンは鳴らされなかった。

気がつけば、外はとっぷりと日が暮れている。そんなに時間が経過していたのかと、パトカーをおりた時に気がついた。ちょうど帰宅時間だったらしい近所の住民が何事かというように立ち止まってこちらを見ていた。変な噂《うわさ》をされたら嫌だなと、杏は憂鬱になった。

「ただいま」

警察官に見守られながら、杏は玄関のドアを開けた。ブーツを脱ぐ間に、白いバレッタで髪をまとめた祖母が、短い通路の向こうにあるリビングから現れる。

母はまだ仕事中なのか、祖母しか在宅していないようだ。祖母は、杏がパトカーで送られてきたことにひどく驚いた。

「なにがあったの、杏。こんなに遅くなって……」

そう問われて、もう夜の九時半近くになっていることを知る。

「ごめんね。お父さんのほうには連絡を入れたんだけど……」

杏は、慎重《しんちょう》に言葉を選んだ。

両親のスマホには電話したが、祖母には連絡していない。温和で、少し気の弱いところのある祖母だ。孫が事件に巻き込まれたなんて電話で知らされたら、その場でひっくり返ってしまうかもしれないと心配してのことだったが、結局こうして驚かせてしまっている。

「怪我をしたの？　事故に遭《あ》ったの？」と、祖母がおろおろしながら尋ねる。

（おばあちゃんをあまり悲しませたくないなあ）

自分の身に起きた出来事をうまく話せないでいる杏に代わり、警察官が祖母に説明した。

祖母は辛《つら》そうな顔になって何度も警察官に頭を下げた。

「ああ、すみません、すみません」

動転するまま無意味に謝罪を繰り返す祖母に、警察官は表面上は慇懃《いんぎん》な態度を見せながらも、近いうちに再度お孫さんに事情聴取をお願いすることもあると冷静な口調で話した。後日に診断書も提出してもらうかもしれないとも。

自宅に入り、祖母を安心させるために少し話をした。そうして色んなものをシャットアウトし、機械的に食事を取って、シャワーを浴びて、処方された薬を服用して、朝までぐっすりと寝た。

でも、変な夢を見た。夜の町に花火がパーンと上がっていた。その音が次第にラッパの音に変わっていく。空に咲く花火もいつの間にか紙吹雪に変わっていた。そんな中を、陽気な海兵隊のパレードが行進する。よく見れば、紙吹雪は彼らのラッパから音とともに勢いよく噴出されていた。ゆるやかな坂道に響き渡るベートーベン。歩道はパレードの見物客でいっぱいだ。その誰もが猫の顔をしている。なぜならそこは猫町だから。アンティーク調の街灯に、雨に濡れたように輝く石畳《いしだたみ》。「夜のカフェテラス」の青い世界だ。

杏はというと、フリルたっぷりのゴスロリ服を着て、しかめ面《つら》で指揮棒《しきぼう》を握りパレードの先頭を歩いていた。なぜか白黒のゴスロリ服とは合わない真っ赤なハイヒールを履《は》いている。杏は指揮棒を振り回しながら、これはすごい悪夢だなあと感心していた。ふと、ビルの上に掲《かか》げられたレトロな大型看板が目に飛び込んできた。看板の中の、真珠のネックレスをした美貌《びぼう》の女優がパチリとウインクをしてこう言った。「あたくし、首を狩るのが好きなのよ」――パレードの後方からトランプ兵の軍隊が追ってきていた。

杏は首を狩られると思って駆け出した。そして石畳の溝にハイヒールの踵《かかと》を引っ掛け、躓《つまず》いた。転倒は免《まぬが》れたが、靴が片方脱げた。シンデレラみたいにその片方の靴を置き去りにして、杏は精一杯走った。

坂道の頂きには外国人の男性が立っていて、おおい、と杏に大きく手を振っていた。「おおい、こっちだこっち、ミヒャエルおじさんだよ！　さあ急げ、パンが売り切れてしまう！」――とにかくわけのわからない悪夢だった。

　ヴィクトールと顔を合わせたのは、次のバイトの日、土曜日のことだ。

　その日は、事前に仄《ほの》めかされていた通り、再度の事情聴取を捜査員から求められた。どうやら向こうはこちらの授業を邪魔しないようにと配慮し、日にちを選んでくれたらしい。が、杏はこの数日学校を休んでいたので、別に平日でもよかったのにと思った。

　警察署へはヴィクトールと一緒に車で向かった。ヴィクトールがわざわざ杏の自宅に迎えにきた。

　聴取の内容は、杏に限っていえば、ほとんど前回と同じだった。杏のほうも新しい情報を差し出せるわけではなかった。捜査員もまったく期待してはいないという顔をしていて、落胆《らくたん》の欠片《かけら》さえこぼすことはなかった。保護者の同行が必須ではなかったのも、単なる確認のためだったからだろう。

（呼び出したのはそっちのくせに）

　杏は役に立てなかった気まずさをごまかすように、内心で文句を言った。

実際、彼らが本当に用があったのは同行者のヴィクトールだろう。彼は、杏が連れ込まれた会議室とは別の場所にいる。

一応は被害者だし犯人のその後を聞く権利はあるだろうか。そう考えて、ヴィクトール側の話し合いが終わるまでの時間潰《つぶ》しを兼ねて捜査状況を尋ねても、杏が未成年だからなのか、のらりくらりと捜査員にかわされてしまう。もしかしたら被害届を提出したヴィクトールには、進展の有無の説明がされているのかもしれない。

意味があったのかもわからない聴取のあと、杏たちは「TSUKURA」に戻った。

時刻は午後の三時になっていた。店はまだオープン時間内だったが、ヴィクトールは扉の前にクローズの看板を下げてしまった。

店内に入ると、ヴィクトールは杏をカウンター席に座らせて、自身が給仕役を引き受けた。本日の彼の服装はダークベージュのベストに同色のパンツ、白シャツというもので、警察署ではこの上にジャケットと黒いコートを羽織っていた。今はジャケットとコートは脱いでいる。

杏のほうは黒いパンツにセーター、グレーのショートダウン。ダウンは隣の席の上に置いている。それと、家まで迎えに来てくれた時にヴィクトールから無言で首に巻き付けられたふわふわの薄オレンジ色のマフラーも。

しかめ面のヴィクトールがカウンターの上に珈琲《コーヒー》とモンブランのセットを二つ置く。このモンブランは店に戻る途中に見かけたケーキ屋で購入している。

「ありがとうございます」という杏の礼を聞き流しながらヴィクトールはカウンターを出て、ダウンを置いた側とは逆の席に腰掛けた。親の仇のように、湯気の立つ褐色《かっしょく》の珈琲に大量のクリーミングパウダーをぶち込んでいる。

杏はストレートで飲んだ。ちょっと濃かった。

「俺の倉庫に忍び込んでいた不審者はまだ見つかっていないそうだ」

ヴィクトールは唐突に事件の話を始めた。

杏は珈琲のカップを持ったまま身を硬くした。杏を襲った犯人と表現せずにそんな言い方をしたのは、ヴィクトールの気遣いだろう。

「あの不審者は君の顔を見ているだろう？　……不安もあるだろうから、君の希望する期間、バイトを休んでくれてかまわない。どうしたい？」

ヴィクトールは珈琲にクリーミングパウダーをぶち込む手を止めると、優しい口調を意識しているのが丸わかりの硬い表情で言った。

「ヴィクトールさんは、あの人の顔を目撃しましたか？」

杏はカップをソーサーに戻し、ヴィクトールのほうにわずかに体を捻《ひね》って尋ねた。

ヴィクトールと安心できる場所で向き合った効果なのか、ずっと宙に頼りなく浮かんでいたような意識が現実に戻ってきた気がする。

（そうか私、この瞬間まで不安だったのかな）

考え込む杏をよそに、ヴィクトールは、ずずっと突っ伏してしまいそうなくらい行儀悪く体をカウンターに預けた。こちらに向かって頬杖をつく。

「顔色がよくない。あまり寝ていないのか？　目の下に隈《くま》ができてる」

「……質問をごまかされた気がします」

杏がむっと眉根《まゆね》を寄せると、ヴィクトールはとうとうカウンターに上体を倒し、明らかに「君も俺の質問を質問でごまかしたくせに」という批判の視線を寄越したが、それを口に出しはしなかった。どうやら今日はかなり手加減してくれる気でいるらしい。

「学校をズル休みしてます」

杏が唐突に告白すると、ヴィクトールは眉間《みけん》の皺《しわ》を消し去り、真剣に聞く表情を見せた。ただしカウンターに寝そべるかのような行儀の悪い体勢のままだったが。

「でも、バイトは続けたいと思うんです。学校は休んでいるくせに、いいことじゃないですよね」

「いいことだ」と、ヴィクトールは即答した。

「ここには俺がいるんだから、当然だろう。来れるようなら来るといい。ただ、安全を考慮して送迎はする」

真面目《まじめ》な調子で言われ、杏はぽかんとした。

ヴィクトールは、やっと微笑《ほほえ》んだ。目の端に少しの疲れとぎこちなさが滲んでいたが、今日初の笑みだった。

「俺は反省したんだ。君を巻き込んで危険な目に遭わせた詫《わ》びとして、できうる限り誠実に、嘘でコーティングしたりせず話をしようって。さあ、なんでも聞いてくれていいよ。俺に答えられることなら正直に答えよう」

「あ、いえ、そこまで深刻に思い詰めなくても。ヴィクトールさんのせいじゃないのに」

杏はしどろもどろになりながらも、内心で首を傾《かし》げた。

（反省したから、なんでも正直に答えてくれる？）

まず杏が、「いいことではないだろう」と聞き、それに対して、いいことだとヴィクトールは返している。そのあとで「誠実に、正直に答える」と宣言した。杏への詫びとして、とも言ったので、これを素直に解釈《かいしゃく》すると、「バイトを続けたいなら歓迎するが、杏のトラウマを掘り返すような不幸な出来事が、よりにもよって自分の倉庫で起きてしまった。だから、少しでも杏の気持ちが楽になるように、今回の事件について知りたいことを、満足するまで教えてあげよう」といった罪悪感の裏返しの誠意となる。

が、果たして考え方が螺旋《らせん》を描いているようなこの難解な性格の人が、他人に対してそんな当たり前の思いやりを披露《ひろう》するだろうか。残念ながら杏は頷けなかった。

優しい面もある人だとはわかっているが、それとこれとはまた別問題だ。差し出される誠意は、こちらを喜ばせるためのものではないような気がする。むしろヴィクトール自身にとって

「いいこと」だから、まあこちらにも多少は歩み寄ってやるかという不遜《ふそん》な態度のような——

ということは。

（私に、今回のことで挫《くじ》けたりせず、これまで通りにお店に来てほしい、……っていうか、会いにきてほしい、とか、会いたい、という意味になるのでは）

杏はまさかの回答に行き着き、動揺するまま珈琲を飲んだ。勢いがよすぎて口内を火傷《やけど》しそうになったが、叫ぶことだけは回避した。

「いや、俺の倉庫で危険があったんだぞ。当然、オーナーの俺に責任があるだろう」

挙動不審になる杏を訝《いぶか》しげに見つめて、ヴィクトールが言った。

杏の先の言葉に対しての返答だが、やっぱり疑わしい。いつもの彼なら、責任は百パーセント犯人にあるとか、平然と言いそうなものなのに。

「あの日、倉庫から飛び出してきた不審者とすれ違ったが、マスクと帽子をしていたので顔立ちはわからない。だが、あれがどういう人類なのかは予想できる」

杏は、「えっ」とヴィクトールの顔を見た。

彼は冬眠から目覚めたばかりの熊のようにのっそりと上体を起こし、ソーサーごとコーヒーカップを手前に引き寄せた。

「不審者の身元特定はできないけれど、どんな目的で倉庫に忍び込んだのかは想像がつく……という意味でしょうか」

「それで合っている。アンティーク品を物色していたんだ、盗み目的であることは君だってわかっていただろ」

「はい。……ヴィクトールさんが言いたいのは、どのアンティーク品を狙《ねら》っていたのかを推測できる、ってことですよね」

「うん」

クリーミングパウダーを入れすぎて、もはや「ちょっとだけ珈琲の味がするミルクですよ」というような白みの勝つ色合いに変化している珈琲を、ヴィクトールは一口飲んだ。かすかに顔をしかめてソーサーにカップを戻し、こちら側に押しやってくる。が、杏だってこれは飲みたくない。

「十歳くらいまで、俺は主《おも》に日本じゃなくてデンマークで暮らしていたんだ」

ヴィクトールは遠い過去を覗くような目をした。

なぜ急にヴィクトールは過去話をし始めたのかと戸惑いながらも、杏はふと思い出した。

「あ、少し前に雪路《ゆきじ》君が、ヴィクトールさんのお母さんはデンマークにいて、お父さんのほうは東京にいるって」

杏は以前に聞いた情報を恐る恐る口にした。

他人に自分の個人情報についてを面白《おもしろ》おかしく噂されるのは、楽しいものではないだろう。

ヴィクトールは薄く笑って、意味深に眉を上げた。

「父親がアンティークディーラーでね、母親とはその縁で知り合い、勢いで結婚したんだよ」

「へ、へえ。そうなんですか」

おっとこれは注意深く返事をしなきゃいけないぞ、と杏はすぐさま警戒態勢に入り、ヴィクトールの出方を慎重にうかがった。対応を間違えていたずらに刺激してしまった場合、ヴィクトールの人類嫌いを加速させかねない。

彼は相手が何気なく口にした言葉の些細《ささい》な部分に注目する人だ。だからたぶんヴィクトール本人も、自分が語る内容のうち、とくに拾い上げる必要はないと相手に判断させてしまうような部分……普通なら聞き流してしまいそうなところに本音を潜ませるに違いない。

「うちは祖父の代から骨董品《こっとうひん》を扱《あつか》う仕事をしている。父はそういう祖父の背を見て育った。それで学生の頃から祖父にひっついて世界各地、花を探す蜜蜂《みつばち》みたいに忙《せわ》しなく飛び回っていたそうだよ。アクティブな人なんだ。迷惑なことに」

「なるほど」

杏は意味なく横髪を耳にかけながら神妙に頷いた。これは愚痴《ぐち》だ。心を無にし、包み込むように優しく相槌《あいづち》を打つべし。

「で、俺も子どもの頃から、落ち着きのない父にあちこち引っ張り回されたわけだけれども」

「……あまり、その……どちらかといえばヴィクトールさんは、頻繁《ひんぱん》にお出かけするよりも家でのんびりと過ごすほうが好き、だったとか」

杏は悩みに悩んだ末、やわらかい言い回しを選んだ。

ヴィクトールはまたカウンターに頬杖をつき、わずかにこちらに体を向けた。すごくにっこりしている……のが逆に怖い。

「嫌いだね、旅行なんて」

「はい」

「誇張《こちょう》なしで言うが、俺は無理やり同行させられた旅先で、本当に死にかけたことが何度もある」

「はい」

「父は珍品を引き当てる名人なんだ。それも、邪悪な噂の付きまとう負のアンティークを」

「はい」

「本人も喜んで手に入れようとするものだから、始末に負えない」

「はい」

杏は目を合わせず、肯定するだけのロボットと化した。心の中で、前に会ったディーラーの岩上夏海《いわがみなつみ》という男性と同類の人なのかなとつぶやく。

「例を挙げると、あれはタイでの体験だったかな。人骨を使用した宝石箱を父が入手した」

「はい……はい？」

ロボットになり切れなかった。杏はぎょっとした。ヴィクトールは偽物《にせもの》でしかない陽気な表情を浮かべて先を続けた。

「触れ込みは、神聖な少女の骨を使ったというものでね。そのいわく品を手に入れた日の夜は現地人ご推薦《すいせん》の、一見清潔な青い外壁のホテルに泊まったんだけど、そうしたら見知らぬ男たちが襲ってきた」

「えっ……」

「その彼らが握っていた凶器といえば、君、なんだと思う？　ナイフとか拳銃《けんじゅう》だと思うか？　違うんだよ、余裕で人体に穴をあけられるだろうなっていうほど太いドライバーだったんだ」

ヴィクトールは偽物の笑みを消すと、怪談話でも始めそうな顔をし、こちらに身を乗り出してきた。杏は引いた。

「父は、あれでも聡《さと》いところのある人類なんだ。なにかしら危機感を持っていたんだろうね。チェックインの際、ホテルのスタッフに『なにかあったら知らせてくれ』と、ビールを渡していた。日本のビールって、美味《うま》いと評判なんだよ。『アサヒ』はたぶん万国共通だ。オーケー、アサヒ。これで誰とでも笑顔で握手できる。日本車の『ホンダ』や『トヨタ』ともう同格だよな。ところがだ、そのスタッフは、ホテルに侵入者が現れた時、アサヒで酔っ払って寝こけたふりをした」

「……寝こけたふり？　というと」

聞かなきゃいいのに、杏はつい聞いてしまった。本気で後悔した。

「巻き込まれたくないから、侵入者もウェルカムしたんじゃないか？　あとで荷物を引き取りに戻った時、スタッフに『やあ、無事だったんだ？』と驚かれたよ」

ヴィクトールは死んだ目で笑った。杏は即座に労《いたわ》りの微笑を作った。

「襲撃に気づいてからは、逃避行の始まりだ。窓から、今にも折れそうな鉄錆《てつさび》まみれの柵《さく》に足を引っ掛けて、隣の部屋に移動した。部屋には子連れの、内職中の若い女がいた。……なんの内職かは、まあ、君は知らなくていいよ。とにかく、俺たちの登場に驚いて喚《わめ》く女を黙らせるために、父は、日本円にして二十万ほどの価値があるアンティークブローチをその手に握らせた。彼女はたちまち父の理解者に変身した」

「念のために聞きますが、スパイ映画の話じゃないですよね？」

「違う。父は女と交渉《こうしょう》し、かわいそうな俺を着替えさせた。ああ、忘れるものか、あの、垢《あか》の匂いが染み付いているセンスの息絶えたピンクと黄色の花柄《はながら》ワンピース！　子ども心に絶望したね。父も、女から五百バーツで買い取った真っ赤なワンピースをシャツとズボンの上から着ていたな。似合わない麦わら帽子をかぶって、俺の手を引き、颯爽《さっそう》と女の部屋のドアを開けて廊下に出た。間違いなく、神も見捨てる濁《にご》り切《き》った夜だった」

父と息子の女装場面を具体的に想像しようとして、杏はやめた。ヴィクトールの視線が恐ろしい。

「ですが、廊下に出たってことは、窓から外へは逃げずにまた館内に戻ったんですか」

「俺たちはスタントマンじゃないし、窓だって飛び降りるために作られているわけでもない」

しまった、大人の愚痴対処法を怠《おこた》ってしまった。

「廊下には、全身に青い刺青《いれずみ》を入れている目つきの危うい男たちがいた」

「凶器……ドライバー所持の人たちとは別の？」

「別の。神も見捨てた夜だぞ。ドライバーを持つ襲撃者たちのほうは、ちょうど俺たちの泊まっていた部屋に飛び込み、捜索中だった。彼らの怒鳴り声が廊下にまで漏れ聞こえていたっけ。その隙に、大層な美女に化けた父と俺は逃げた」

「わあ」

美女という言葉は、冗談の皮を被《かぶ》った一級のトラップだ。反応したくない。

「刺青の男たちの横を通り過ぎる時、下品に腰を動かされて囃《はや》し立《た》てられたね。父は一人一人、丁寧に投げキッスを返していたよ。父が複数の見知らぬ人類に媚《こ》びを売る姿を目にしなくちゃいけなくなった当時の俺の気持ちを、いつか必ず手紙に書くつもりでいる。父宛てに、克明に」

ヴィクトールから強烈な怨念《おんねん》を感じた。が、杏は賢明にも黙った。世界で一番息子から受け取りたくない手紙だ。

「ホテルの外には、客待ち……若い男女がちらほらいた。父は俺を担《かつ》いで、折れかけの庇《ひさし》や傾いたパラソルの下を走ったよ。そこにいた人類から強引に引き止められ、笑顔で偽の旅券を買わされそうになった。忘れられない印象的な夜だが、なに、これが特別ってわけでもない」

「……全部が特別だったとか」

「はは。うまいことを言うね。――インド、香港《ホンコン》、フランス。確かにどこの国の骨董市も、凄《すさ》まじかった。道や公園にぎっしりと並ぶ天幕の下、古びた建物の中に、異世界があった」

杏はきょとんとした。

ヴィクトールが穏やかに杏を見つめ返す。

「そこに広がるのは、この世のがらくたと宝石を一緒くたにし、溢《あふ》れるほどに詰め込んだかのような騒がしい眺めだ。様々な人種に様々な年齢。様々な恰好《かっこう》の人類がひしめいていた。アジア圏《けん》では宗教的な骨董が一際目についた、フランスはきらびやかな細工物とアート。贋作《がんさく》と気づいてもなお美しいガラス玉を飾ったブローチに惹かれなかったかといえば、嘘になる」

杏は知らず心を躍《おど》らせ、聞き入った――というのに、その直後にひっくり返されてしまう。

「そしてどこの場所でも父は、いわく品を引き当て、自称ディーラーやら自称ランナー、自称研究家といった怪しい人類に追い回された」

「本当に映画の話じゃないんですよね？」

杏は突っ込まずにはいられなかった。

「違うと言っている。父と母の出会いだって似たようなものだよ。母はイギリス旅行中に、骨董市に来ていた。その途中、聖遺物《せいいぶつ》を入手したことが原因でどこの信徒か同業者かわからない人類に狙われていた父と出会ったらしい。母を巻き込んでの逃避行の結果、愛が生まれて、ついでに俺も生まれたわけだ。ぞっとする」

杏は優しく微笑み、私はヴィクトールさんに会えてよかったです、とだけ答えた。ヴィクトールは鼻を鳴らした。

「呪いの指輪なんて、何度見ただろう。なぜか誘蛾灯《ゆうがとう》のように虫を呼び寄せるどこかの部族の首飾り、夜になると憎悪を浮かべているようにしか見えなくなる『祝福の天使』の絵画。持ち主の精神を狂わせる神話の女神のカメオもあったな」

杏は必死に微笑を維持《いじ》した。自分は意外と演技派女優かもしれない。

「ああいうのは実在するから情報が出回るわけだが、その特性上、大袈裟《おおげさ》な尾鰭《おひれ》がつくことも多い。俺は信頼性に欠く情報がさも真実の顔をして定着していくことに憤《いきどお》りを覚えるよ。すごく嫌だね」

嫌とかそういう問題ではない気がしたが、今そこをつつくのはやめておいたほうがいいというのはわかる。

「前にお会いした岩上さんと、ヴィクトールさんのお父さんは似たような感じの方なんですね」

訳ありのアンティークを誰よりも早く見つける最悪な人類、とヴィクトールが評していたのを思い出しての発言だが、杏は自分が不用意に口を滑《すべ》らせてしまったことに気づき、焦った。

案の定、ヴィクトールの目が泥《どろ》のように濁る。

「厄災《やくさい》は、別の厄災を呼び寄せるんだよ」

「はい」としか返せない。実父を災《わざわ》いに喩《たと》えているところには決して触れてはだめだ。

「物言いたげな顔をしているが。君もな、他のやつと不確実な噂話に花を咲かせるくらいなら、俺に直接聞けよ」

「な、なんのことですか」

うわっ、ついにこっちにまで絡み始めた、と杏は身構えた。

「夏海と会った時、俺の友人だとまず自己紹介されただろ。なのに、俺があいつをディーラーだと言っても君は別段不思議そうな顔をしなかったよな。普通は『あれ、ヴィクトールさんの友達なのに、家具職人とかじゃないんだ?』って反応をしないか?」

ヴィクトールは早口で言うと、先ほどみたいににっこりとした。

「島野雪路《しまの》から、俺の父はディーラーだと説明されていたんだよな。だから、夏海が父とも繋がりがあると知って、職業を聞いても、ああ、と納得したわけだ。むしろ君はその時、別のことを不思議がっていた気もするが」

見事に心の動きを言い当てられ、杏は顔の筋肉が引き攣《つ》りそうになった。まさかこのタイミングでそこを攻めてくる?

「でもそこまで深い事情は聞いていなかったようだけど。どうであれ、俺本人に聞くのが最も確実だし、手っ取り早くもある」

ああこの流れ、さっきの「噂が嫌」っていうあたりとかけているわけか……と杏は気づいたが、それにしたって。杏の心情を正しく把握《はあく》するためにわざと話の順序を入れ替え、不意打ちを狙っている。

「でもヴィクトールさん、自分のことはあまり人に教えたくないんじゃゃ……？」

杏は悔《くや》しくなり、反論を試みた。

岩上がプライベートな話に触れようとすると、ヴィクトールは本気で嫌がった。その時に拒絶の態度を取られたこともあり、杏は彼とぎくしゃくしてしまったのだ。

「他人から好き勝手に噂されるのが嫌なだけだ。君に、なんでも聞いていいと言ったばかりじゃないか」

多少後ろめたく感じているのか、ヴィクトールはむすりとした。

「そうですが、あの、プライベートな話はまた違うのかなと」

質問が許されているのは、あくまでも今回の事件……ヴィクトールの倉庫に潜んでいた不審者の件についてではないのか。そういえばそこから話がずれているように思えたが、いや、ヴィクトールの中では脱線していないのかもしれない。杏は混乱してきた。

「違わない。俺は白樺《しらかば》が好きだ」

「……はあ」

また話が飛んだ気がするし、それに、これはただのヴィクトールさん語録、と杏は自分に言い聞かせた。

ヴィクトールは怪しむ目をしたが、フォークを手に取り、モンブランをつつき始めた。

「東京の生家には、アンティーク品が溢れている。昔は俺だって、嫌いではなかったんだ」

「椅子以外のアンティークもですか？」

杏もモンブランを食べながら尋ねた。

「うん。それこそファンタジー映画に出てくる怪しい魔法使いの住処《すみか》みたいでね。君が行ったら、喜ぶと思うよ。不思議な形の壺《つぼ》に年代物の装飾品、壊れているとしか思えない時計や家具。古い書物、食器、絨毯《じゅうたん》。高価なものから安価なものまであった。本来は美術館に展示されているべき貴重なものもあった」

秘密を打ち明けるような口調に、杏は淡いときめきを抱いた。

「小さな頃は、勝手に倉庫に入ると、父や祖父に、雷のように大きな声で怒られた。怒られなくなった頃から、手を引かれて外に連れ出された。父の目がいつも貪欲《どんよく》に輝いていたから、俺も、向かう未来はきっと楽しいのだろうと期待していたのに、思いのほか、あの賑《にぎ》やかな外の世界は俺にとって苦痛が多かった。胸が弾《はず》む以上にね」

ヴィクトールは俯いた。モンブランを一口食べてから、杏をちらりと見る。

「俺は、まだ見ぬ世界に飛び出してアンティーク品を探し回ることよりも、静かな場所にこもって自分でなにかを作るほうが性《しょう》に合っていた。考え方の違いを、父はすぐには受け入れてくれなかった。ある時、白樺製の家具を見た父が、この木材は耐久性が良くないと言った。マホ

ガニーとかと違って、長く持たないって。別にいいじゃないか、たとえ百年で壊れても。そう思ったことが、父に反発するきっかけになった」

杏はその、耐久性に優《すぐ》れてはいないという白樺に自分がたとえられたことをどう判断したらいいのか悩んだ。ヴィクトールがふと笑いをこぼす。

「ねえ、君は日頃から俺の言葉にもっと、よく耳を傾けるといい。俺を好きなら、君はそれを心掛けるべきだ。そうすれば、いずれは俺がどういう人類か見えてくる。少し注意を払うだけで、君に意外と初めの頃から気があったことさえ、もっと早い段階で見えていたはずだ。俺が自分からこうして話さなくたって」

かなりの間を置いて、杏は、「は？」と聞き返した。

今なんて言った？

「それで、話は戻るが、俺の倉庫にいた不審者が探していたものについてだ。たぶん、父が俺に送り付けてきたアンティーク品が原因だろう。なにせ父は、昔から妙な品を見つけては怪しい人類に追いかけられている」

「ちょ……ちょっと待ってください、本当に待って」

杏は頭の中で「あれ？　あれっ!?」と、ひたすら混乱し、ヴィクトールを止めようとした。

だがヴィクトールは取り合わず、意地悪く笑った。

「たった今教えただろ。君は俺の言葉にもっと、よく耳を傾ければいいんだよ。止めたければ止めてもかまわないけれど、そうしたらその部分はこの先もずっとわからないままになる。どちらを選ぼうと、君の自由だ」


そう忠告されたら、もう止められるわけがない。ものすごく足踏みしたい気分だけれども！

とにかく、とにかく今はヴィクトールの話を聞くべきだ。

そうすれば、最後には真実が見えてくる。この人はいつもそういう、迷路を辿《たど》るかのような話し方をする。寄り道ばかりに見えてもそのうち勝手に繋がっていく。

杏は深呼吸をして、「さあどうぞ、好きなだけ！」と八つ当たり気味に言い放った。

ヴィクトールが楽しげな笑い声を聞かせた。

どうぞ好きなだけ――とは言ったものの、やっぱり多少は時間がほしい。そこで杏《あん》は、珈琲《コーヒー》を淹《い》れ直《なお》すという姑息《こそく》な方法で時間稼《かせ》ぎを狙《ねら》った。最初の一杯はとうに飲み干《ほ》している。

もしかしたらヴィクトールに好意を持たれているのかもしれない、という衝撃の事実をしばらく噛みしめたい。それから、今にも破裂しそうな心臓を宥《なだ》めてやりたい。

「……ヴィクトールさんにも、新しい飲み物を用意しましょうか？」

杏は微妙に視線を逸《そ》らしながら尋ねた。

彼のカップには、クリーミングパウダーを入れすぎたがために別の飲み物と化した液体がまだ残っているが、これはもう口にしないだろう。

「紅茶を」

ヴィクトールが短く答える。

杏はうなずき、席から立ち上がった。二つのカップを持ってカウンターの内側に入る。

バイトで慣れてしまったためか、給仕される側よりもする側のほうが落ち着く。

ヴィクトールの分のみカップを替え、珈琲の粉と紅茶のパックを用意する。ケトルの湯が沸《わ》くまでに、使用済みのカップを洗う。ヴィクトールの視線が杏の動きを追う。

杏は「なにも気にしてませんけど」という体《てい》を装い、洗ったカップを丁寧《ていねい》に拭《ふ》いた。胸中は春の嵐以上に荒れ狂っている。心臓もひたすら激しく脈打ち、静まる気配がない。嚙みしめている唇の内側も、そろそろ切れて口内が血まみれになりそうだ。

(いや、さっきの言葉はなに。ヴィクトールさん、私に気があるって言った⁉)

本当にそう発言していたか、ぜひとも誰かに確認を取りたいところだが、あいにくと店内には自分とヴィクトールしかいない。

(それも、意外と初めの頃から、って。どういうこと。なになになに本当どういうことなの。いつから⁉　初めって、いつ⁉)

この場に一人きりだったなら、杏は今頃自分の尾を追う犬のように店内をぐるぐると歩き回り、身悶《みもだ》えしていたに違いない。こちらの恋愛を応援してくれている室井《むろい》にも、前のめりの姿勢で連絡を取っただろう。

杏はカウンターの内側に設《もう》けられている小さな流し台の縁《ふち》を両手で摑むことで、体中を駆け巡《めぐ》る衝動に耐えた。カウンター席側のヴィクトールからは、「紅茶を蒸《む》らす間、ちょっと気だるい仕草で待っている」というようなさりげないポーズに見えるはずだ。そうであってほしい。喜びで表情が崩れそうになっていることを知られたくない。だって、気があるって！

……いや待てよ、と杏は、もう派手に喜んでも許されるんじゃないかと囁きかけてくる浅慮《せんりょ》な自分を冷静に止めた。

（気があると、本当に言われたとして。でもそれ、そもそも恋愛的な意味なのかな。普通はそう受け取るものだけど、発言したのがなあ……、なんせヴィクトールさんだもんなあ。それに、今の会話の流れでそんな甘い言葉を挟《はさ》んでくるのもなんか怪しい）

杏は紅茶のポットに視線を定めながら、慎重《しんちょう》にヴィクトールの心の動きを探った。

そして、まもなく無駄に閃《ひらめ》いた。もしかしてだが彼は、倉庫内での恐怖を今も引きずっている杏のために、それ以上の驚きをぶつけてやろうと思いついたのではないだろうか。

花火大会の夜の出来事を再現したような無情な拘束《こうそく》が、杏の心に消えない暗闇《くらやみ》を広げるかもしれない。同情もあるが雇用主の立場からしても後ろめたいのでそれはどうにか阻止《そし》したい。

だが、果たしてトラウマになりかねないほどの強烈な体験を上書きできるカードなんて持っていただろうか、と自分の手札を確認したわけだ。で、「まあ、彼女は椅子談義にも付き合ってくれる貴重な人類だしな、悪くない」というような軽い感覚で切るカードを決め、先刻の思わせぶり発言をするに至ったのでないか。

彼はかなり変わった性格の人だが、鈍感《どんかん》ではない。杏に恋愛感情を抱《いだ》かれていることくらいとっくに察しているので、自分の発言がどういった効果をもたらすかも簡単に想像がつくはずだ。

（この説で正解のような気がする。っていうか、これ以外にない気がする）

杏は勝手に天国から地獄《じごく》に突き落とされたような気分になった。が、その狙《ねら》い通り格段に心が楽になっている。

（……善意からの目論見《もくろみ》なんでしょうけど、恋心を弄《もてあそ》ばれる私ってかわいそうすぎないか）

杏は憤《いきどお》った。自意識過剰《かじょう》な上に被害妄想《もうそう》もたっぷりだというのはわかっている。いつもはここまでひどくない。

蒸らし終えた紅茶をカップに注ぎ、自分の珈琲も用意して再びカウンター席に戻った時、「そういえば」と、杏はつぶやいた。紅茶のカップを自分のほうに引き寄せていたヴィクトールが、ちらっと杏を見た。

「今日って工房側も閉めているんでしょうか？」

自分たちのいる店も今、当たり前のようにクローズにしているので、ふとそう思ったのだ。

「いや、まさか。というより、俺が休もうが働いていようがおかまいなしに、小椋健司《おぐらけんじ》たちは独断で工房に出入りしているよ。誰も俺の言葉に注意を払ってくれないんだ」

話の後半に人類を呪《のろ》う気持ちが滲《にじ》み始《はじ》めていたので、杏は隣の席の彼に向けて愛想笑いを作った。ヴィクトールは杏の胸中を見透かしたような冷めた目つきをした。

「君は動揺したり精神的にぐらついたりすると、どうでもいいことのほうに意識を逸《そ》らす癖《くせ》がある。そうして無自覚のふりをしながら他人の興味の矛先《ほこさき》を別のほうへ向けようとしているな。

それ、俺にはあまり通用しないからやめておけば？」

「……私が忍耐強い人間じゃなかったら、今頃本気で怒っていますよ」

「この程度の無遠慮な指摘なら君はまだ俺を見限らない、そう予測した上で言ったんだけど」

……まったく悪いと思っていない顔だ。

「素直に怖かったと打ち明けて抱きついてきても、別に俺は君を拒絶しない。そう振る舞うほうがよほど健全だから、次があるならそうしなよ。ところでもうじゅうぶん時間を置いてやったよな。君がおそらく知りたがっているだろうことをひとつひとつ挙げていく」

これをヴィクトールは、「親切にするのもそろそろ面倒になってきた」という心の声を隠さない表情で冷淡に言い放った。杏は唖然《あぜん》とした。なんなんだろう、この人。

こちらに対して気があると発言した人の取る態度とはとても思えない。特別扱《あつか》いしてほしいなどと贅沢《ぜいたく》を言うつもりはないが、それでも、もう少し優しい態度を維持《いじ》できないのか……。

「俺の倉庫を荒らそうとしていた不審者の目的は、珍品を集める名人の父親が入手したということになっている聖遺物《せいいぶつ》だ」

「本気で怒りたいのに、どうしたらいいんですか、もう。話の先もすっごく気になるんですよ。……聖遺物？　さっきも聞いた気がします」

杏は行き場のない感情を持て余しながらも、ヴィクトールが懲《こ》りもせずティースプーンに山盛りのクリーミングパウダーを紅茶にぶち込もうとしているのに気づいた。紅茶に対するその冒瀆《ぼうとく》を、すっと手を摑んで阻止すると、なぜかヴィクトールに睨《にら》まれる。杏もとりあえず睨み返しておいた。

「キリストなどの聖者が残したもののことだよ。よく漫画や小説などでも題材として取り上げられるだろ」

世の常識のように言われたが、読書を好むようになったのはここ最近の話だし、漫画だって手に取るのはもっぱら学園恋愛ものだ。……という考えがどうも顔に出ていたらしい。ヴィクトールは少し眉《まゆ》を下げた。

「こういうのは聞いたことがないかな。キリストの最後の晩餐《ばんさん》で使用された聖杯とか、歴代のローマ皇帝が持っていたと言われるロンギヌスの槍《やり》とか。聖杯は、円卓の騎士の物語でもよく取り上げられているから、こっちのほうがわかりやすいか？　それを手に入れた者は奇跡を起こせたり、世の支配者になれたりもするという便利アイテムだ」

話が壮大になってきた……というか、なんだかファンタジックになってきたような気がする。

「円卓の騎士って、アーサー王伝説に登場する人たちのことで合っていますか？」

なけなしの知識で問うと、ヴィクトールは肯定《こうてい》した。

「そう、それ。まあ騎士の物語にはキリストの聖杯以外にも様々な聖遺物の逸話《いつわ》が付け足されたりしているが」

「確か精鋭の騎士たちが丸いテーブルに座ったことから『円卓の騎士』っていう名称がついた

んですよね？　その円卓と座席は木製だったんでしょうか。現在でも残っていたりしますか？」

なんとなく気になって尋ねたあとで、また話を逸らしてしまったかと焦《あせ》ったが、これはヴィクトールの関心を引いた。

「杏の視点は時々面白《おもしろ》いんだよな……、木製ではないだろうね。実のところその円卓がどういうものなのか、そもそも本当に丸いテーブルだったのかも不明なんだよ。騎士の円卓については謎《なぞ》が多いね。アーサー王自体が実在していたのかどうかも怪しい」

へえ、と相槌《あいづち》は打ったが、円卓と椅子が木製ではないというなら、正直杏はこの話に興味がない。だが男子が好きそうな話だと思う。現にヴィクトールは嬉しそうな顔をしている。

「ウィンチェスター城に円卓が飾られているが、これは後の世に作られたものだし――いや、円卓の話はもういい。ともかくも聖遺物は、この現代においても価値が高い代物《しろもの》なわけだ。大抵、宗教的価値のあるものは、比例して金銭的にも価値が生じる」

「最後で一気に俗物的な話になりましたね……」

「現実的と言えよ」

ヴィクトールに小馬鹿にされてしまった。紅茶を口に運ぶポーズが妙に様になっているのも、なんだか腹立たしい。

「杯や槍の他にも、キリストの十字架、手に打たれた釘《くぎ》、聖骸布《せいがいふ》――聖人の遺体を包んでいた布なんかも聖遺物として数えられる。父が『手に入れた』と噂《うわさ》されているものは、今挙げた、十字架の一部と思われている木片だ」

「……え？　えっ⁉　十字架？　十字架って、本当に、その？」

杏はぎょっとした。話が壮大になったと思ったらファンタジックになり、またさらに壮大になった。

「まさかと思うだろう？」

杏の反応に気をよくしたのか、ヴィクトールが微笑《ほほえ》む。

「だが、十字架は、聖遺物としてはありふれている……という言い方はさすがに語弊《ごへい》があるか。ただ、少なくとも世に数本残っていると言われる槍よりはよほど多く現存している」

「どっ、どういうことですか。いえ、なんで槍まで複数あるんですか」

「アンティークチェアだって、レプリカが無数に存在するじゃないか」

ヴィクトールが澄ました顔でまた一口、紅茶を飲む。杏は焦《じ》らされた気分になり、彼のほうにわずかに身を寄せた。

「じゃあ十字架も、そのレプリカが無数に作られた？」

「表向きには、キリストの十字架の一部と推定される木片が各地に散らばっていて、それを得た各教会で厳重《げんじゅう》に保管されているという話になっているが。それにしたって、数が多すぎるんだよ。十字架が大量生産でもされていない限り、そんな数にはならない」

「……大量生産？　キリストの生きていた時代なら機械生産はないでしょうから、全部手作業では？　でも十字架って要は二本の板をクロスさせるだけだから、量産しやすいですよね、きっと。いえ、そんなにたくさんの十字架を寄越されても磔《はりつけ》にされるキリストだって困ると思います」

真面目《まじめ》に返答したら、ヴィクトールが喉を鳴らして笑った。

「そうだな。ああ、ひとまとめにキリストの十字架と言ったが、磔に使用されたものだけが対象なわけじゃないよ」

「磔に使う以外に十字架の需要《じゅよう》ってありますか？」

ヴィクトールが笑いをこらえようとしてか、咳払《せきばら》いした。

この人って案外笑い上戸《じょうご》なんだよな……と杏は眉間《みけん》に力を入れてヴィクトールを見つめた。

「ローマで初めてキリスト教を公認した皇帝が掲《かか》げ持《も》っていたとされる十字架も聖遺物だ。なんなら、ユダヤ人を導いたモーゼの持つ杖《つえ》もそうだな」

「えー⁉　モーゼって、あの有名なモーゼさんですか‼」

「どのモーゼさんだよ」

杏はこのあたりでもう、「うっそだあ！　そんな、海を真っ二つにした人の杖なんて現存しているわけない」と疑い始めていた。……いや、本当？

「モーゼの杖だって複数存在する。謎が深まるね」

「なんで⁉」

「ちなみにキリスト関連の遺物がやっぱり貴重度が高いそうだ。例えばだが、食事時に口を拭《ふ》いたハンカチでさえ、仮にそれが残っていたら聖遺物になっただろう。実際、キリストの顔を写したとされる布もあるとか。真偽《しんぎ》はあれだけども」

「うわっ、魚拓《ぎょたく》的にですか？　顔写真代わりにとか？」

ヴィクトールは、そうかもしれないね、と杏の間抜けな意見を紳士的に優しく受け止めたあと、きっかり二分間、カウンターに額がつくほど身を折り曲げて笑った。壁時計を確認したので時間は間違いない。

杏は、彼の笑いがおさまるまで、珈琲を飲んだりして静かに待った。

「……聖マリアの髪だって聖遺物のひとつだ。聖者に関するものであれば、キリスト本人と関係していなくとも聖遺物として扱われる」

はあ……と杏は呆《あき》れと感心を混ぜた返事をした。世の中の大半は、レプリカでできているのかもしれない。

「多くの教会で聖遺物が保存されているってことは、それだけ手に入れやすいという意味でもある」

「あっ？　そういえば前に、廃教会からチャーチチェアが流れてきた……」

「うん。といってもさすがに、チェアのようにオークションにかけられたり市で売られたりはしないけれど」

ヴィクトールは難しい顔を見せ、話の軌道《きどう》を戻した。

「父が珍品を引き当てる名人という話は、同業者の間では割と有名なんだ。おまけに息子の俺は木製のアンティークチェアばかりにこだわっている。そのあたりの要因が噛み合ったせいで、父が聖遺物を手に入れたという嘘の噂がもっともらしく広がったんだと」

「嘘⁉︎」

杏は大声を上げてしまい、慌てて口を押さえた。

そういえばヴィクトールは、そこらへんについては奥歯にものが挟《はさ》まったような表現を選んでいたように思う。

「酒の場での冗談が、知らないうちに面倒な人類の間で真実に化けたってことだ」

ヴィクトールはさらに渋い顔を見せた。カップの持ち手部分を指で撫でる。

「俺がこの間、母のところに向かったのも、この馬鹿げた噂が原因だ。おかげで父は聖遺物を狙う危険な人類に追い回され、母と何度目かもわからない離婚騒ぎを起こした」

……あれっ風向きがおかしくなってきたぞ。

「癇癪《かんしゃく》を起こした母が俺に電話を寄越してきてね、声を張り上げて詰《なじ》りながらも父を助けてやれって。助けるもなにもないんだが」

家庭事情を打ち明けるヴィクトールの目が、クリーミングパウダーを混ぜすぎた珈琲よりも濁《にご》っている。

「でも母が俺を呼びつけたせいで、今度は、身の危険を感じた父がその聖遺物とやらを息子の俺に預けた可能性がある……というふうに、噂に尾鰭《おひれ》がついてしまった。迷惑を絵に描いたような話だろ」

「あ、ああ～……、なるほど」

杏は納得すると同時に、複雑な気持ちになった。

ヴィクトールの心情はもっと複雑だろう。彼自身はなにも問題を起こしてはいないのに、実父の他愛《たわい》ない冗談から始まった騒動にいつの間にか巻き込まれている。そしてそれは、杏にも当てはまる話だ。海を越えて波紋《はもん》が広がり、幽霊までも引き寄せてしまった。

「前に聞いた岩上《いわがみ》さんの忠告も、ひょっとしてこの話が原因ですか」

恐る恐る聞くと、ヴィクトールは気だるげな様子でカウンターに頬杖をついた。

「……正気では言えないだろ、こんな話」

まあ確かに、とうなずきかけて杏はこらえた。

「で、次。君の残念な青いサンダルを盗んだあの女幽霊についてだが」

今の話の余韻《よいん》に浸《ひた》る間もなく、ヴィクトールが話を進める。

「ちょっとひどいですよ、私のサンダルを貶《けな》さないでください」

杏の抗議を無視して、ヴィクトールが言う。

「彼女の正体は、かつて俺の世話をしてくれたシッターだ」

杏は反応が遅れた。

ヴィクトールは無表情で杏を見つめた。


青いサンダルを盗んだあの女幽霊の正体が、まさかここで明らかになろうとは。

動揺を隠し切れないままに杏はカップの中身を一気に飲み干《ほ》した。空《から》のカップを命綱のように握りしめ、三杯目の珈琲を淹れるべく慌ただしく席を立つ。つまりは再度の時間稼ぎに走ったわけだ。杏の胸中に台風を招いてくれた元凶《げんきょう》のヴィクトールはというと、こちらの狼狽《ろうばい》ぶりにつられる様子もなく、憎《にく》らしいほどに落ち着き払っている。

湯を沸かす時間だけでは足りなかった。三杯目の用意を終えたあとも動揺し続ける杏を、ヴィクトールはガラス玉のような目で見つめていた。

焦《あせ》ると、行動は雑になる。乱暴に置いたつもりはなかったが、カウンターテーブルに戻した珈琲カップとソーサーががちゃんと騒がしい音を立てた。杏は顔をしかめた。中身がこぼれなくてよかった。ひとつ息を吐き、カウンターチェアに座り直す。

「そ、それで。あの女幽霊の正体がかつてヴィクトールさんのシッターだった、というのは本当なんですか」

不信を含んでいるようにも聞こえるだろう唐突な切り出し方にも、ヴィクトールは態度を変えない。いつもの偏屈《へんくつ》な彼らしい、どんよりとした曇《くも》り空みたいな表情で杏の不躾《ぶしつけ》な問いを肯定する。

「本当だよ。この間……夏海《なつみ》がうちの店に来た日、ああそうそう、君が他の人類たちとおぞましいクリスマスミサを企《くわだ》てて俺を生贄《いけにえ》にすべく呪いをかけてきた日でもあったね。あの日に、青いワンピースの女幽霊が再び俺たちの前に現れただろう。その時に彼女の顔を確認した」

「ミサじゃなくてパーティーです。ヴィクトールさんはクリスマスをなんだと思っているんですか。魔女の集会じゃないんですよ、呪いなんてかけません」

ひどい言われようだ。反論せずにはいられなかったが、図《はか》らずも杏の脳内にはあの日の出来事が鮮明に蘇《よみがえ》った。

(そうだ、ヴィクトールさんは彼女を見て、かなり驚いていた)

彼が見せた驚愕《きょうがく》について、杏は、「ヴィクトールさんはひょっとして彼女を知っているのではないか」と邪推《じゃすい》した。が、それをこの瞬間まですっかり忘れていた。

というのも、女幽霊との再会後にさらなるインパクトをもたらす事件が——悪魔のラッパが鳴り響く水曜日に、花火大会の夜の出来事を再現したかのように不審者の手で椅子に拘束されるという不幸が我が身を襲ったからだ。

杏がその不幸と格闘《かくとう》していた頃、ヴィクトールのほうでも奇怪な現象が発生していた。一人きりで自室にいたのに、姿の見えない誰かの手でいきなり背中に青いサンダルをぶつけられたという。おそらくそれも女幽霊の仕業《しわざ》だろう。

（最近の幽霊の進化と有能ぶりが凄《すご》すぎる。分裂でもして同時刻に、別の場所に出現したのか……。微妙に私のほうへ先に出没《しゅつぼつ》したとか？）

適当な考察を頭の中から振り落とし、杏は心の中で唸《うな》った。もしかしたらヴィクトールはサンダルをぶつけられた時にも、「彼女は既知の相手で間違いない」と認識したのではないか。

その可能性に思い至ったあと、小さな違和感に気づいて杏は眉《まゆ》をひそめた。ヴィクトールの表情を窺《うかが》う。

「いえ、ちょっと待ってください。昔にシッターをしてくれていたのなら……、家族同然というには大袈裟《おおげさ》でも、頻繁《ひんぱん》にお世話にはなっていた人なんですよね。それなりに親しいというか、気安い存在だったんじゃないですか？　そういう単なる顔見知り以上の相手だったのなら、どうして店内で初めて彼女を目撃した時に――」

そうと気づかなかったのか。拭《ぬぐ》えぬ疑念を面《おもて》に出す途中で杏は目を逸らし、口をつぐんだ。

こちらの顔に注がれる視線を意識しながらも、初めて女幽霊――ヴィクトールの言によると、かつてシッターだったという女性――を目撃した日の記憶を辿《たど》る。

そういえば、このところ何度もあの日の記憶を思い起こしているような気がする――、あれは、初夏の日差しが眩《まばゆ》い日曜日のことだ。確か昼の十二時。道の中央にころりと片方の靴が落ちていた。印象的な卵殻《らんかく》細工の木靴だ。『十二時』という時間も加味して、シンデレラの落とした靴みたいだと杏は思った。強く惹《ひ》かれた。

杏が自身の青いサンダルを脱いでシンデレラ靴につい足を差し込んだ時、女幽霊が出現した。彼女は、杏が脱いだサンダルを奪うという奇行に出た。自分のサンダルを取り返そうと、逃げる彼女を追い駆け、その果てに「TSUKURA」に辿り着いた。

そのシンデレラ靴は、ヴィクトールがディスプレイ用にと製作したものだった。

どうして彼女はヴィクトールに接触し、履《は》く用途で作られたわけでもない木靴を盗んで道に転がしていたのか。

以前も疑問に感じたことだが、女幽霊がヴィクトールにちょっかいを出した理由についてだけは今の説明を受けてやっとわかった。彼女がヴィクトールの家族と深い関わりのあった人物だったためだろう。

（ヴィクトールさんたちの繋がりは把握《はあく》できたけど、なんで私をわざわざお店に誘導するような真似をしたんだろう）

杏は内心首を傾《かし》げた。そこがいまいちすっきりしない。

ひとつ謎が解消されても、また新たな疑問がぼこぼこと沸騰《ふっとう》して沸き上がってくる。が、そこについては誰でもよかったのかもしれない。木靴という餌《えさ》にたまたまつられたのが杏だっただけとか。そうだ、彼女は何度もシンデレラ靴を盗み出しては道に捨てていた、とヴィクトールも言っていた。いや、でも……。

「……なぜこの店で最初に彼女を目撃した時、すぐに正体がわからなかったのかって？」

ヴィクトールはこちらが途中で濁した質問を、わざわざ拾い上げた。

「え、ええ」

しばらくどっぷりと自分の考えの中に沈《しず》んでいたので、杏は慌てた。と同時に、妙な後ろめたさを抱《いだ》いた。この人ってこういう時、見て見ぬふりができないんだよなあ。

「しっかり思い出してほしいな、彼女はずっと店内の椅子に座った状態で、なおかつ俯《うつむ》きっぱなしだっただろ。はっきりと顔を見たのは、君からクリスマスミサの開催を聞かされた日だ」

ヴィクトールが感情を抑《おさ》えたような声で言う。

「そうでしたね」

同意しながらも、杏はやはり胸に湧いたもやもやを完全には消化し切れずにいた。

ヴィクトールの説明に嘘はない。確かに彼女は、最初に出現した時、俯いた体勢で椅子に腰掛けていた。栗色のウェーブヘアは大いに乱れていたし、長さもあったので、どういった顔立ちの女性なのかは最後までわからなかった。

再び姿を見せた時も彼女は椅子に座っていたが、最初の日とは異なり、顔を上げている。

「でも服装で気づかなかったのか、って顔だな。彼女がうちにシッターとして働いていたのは、俺が日本に来る少し前まで——十歳頃までの話だぞ。十五年ほども前の女性の服装なんてさすがに覚えていないよ。ロングのウェーブヘアという髪型だって、特別珍しいものでもない」

ヴィクトールはそこで言葉を切り、紅茶のカップを手に取った。

そう、その通りだ。それほど前の女性の服装のディテールを正確に覚えているわけもない。これがヴィクトールの話でなかったら、杏は異論を挟まず素直に受け入れただろう。

だが、ヴィクトールなのだ。何気ない日常会話の中の些細《ささい》なニュアンスにもこだわり、顕微《けんび》鏡《きょう》で覗くみたいに真意を慎重《しんちょう》に探らずにはいられないタイプ。その神経質な性格はおそらく子どもの頃から変わっていない。なにしろ、父親とともにスパイ映画の登場人物よろしく逃避行を繰り広げた日の服装だって、昨日の出来事のようにはっきりと覚えている。父親は真っ赤なワンピース。そしてヴィクトールはピンクと黄色の花柄《はながら》ワンピース。まあ、そちらは女装を強要されたために、屈辱的《くつじょくてき》な負の記憶として脳裏《のうり》に色濃くこびりついているのだろうけれど。

でも、と杏は、紅茶で喉を潤《うるお》すヴィクトールの横顔を見つめながら、胸中で反論する。女幽霊の着ていた青いワンピースにだって、ひょっとしたらなんらかの意味があるかもしれない。これが正解だとした場合、ヴィクトールはなぜ覚えていなかったのか。

それに——足元。幽霊としておどろおどろしく登場する時の条件なのか、あるいは普通に死亡時の再現なのか、彼女が着ていた青いワンピースは随分《ずいぶん》とくすんでいたが、本来は色も鮮やかできっと素敵なものだったはずだ。なのに彼女はいつも裸足《はだし》だった。やはり「なぜ」が付きまとう。おしゃれをしていたのだろうに、なぜ靴だけは用意しなかったのか。

自分なら、素敵なワンピースを着た時には、足元まで手を抜かずにコーディネートしたくなるが……。

(あれっ、もしかして、青いワンピースに合わせる目的で私のサンダルを狙《ねら》った?)

両手でゆっくりとカップを口元に運び、杏はそんな仮説を立てた。二人しかいない店内は、物憂《ものう》げな静けさに包まれている。

盗み出す相手にこだわりはないけれど、靴に関しては条件があった? といっても彼女は、デザインや種類には興味がなかったように思う。——だったら、カラーだ。杏があの日に履いていたサンダルは、偶然にも青。ワンピースと同色だ。

(つまり……彼女は『青い』靴を履いた人間が現れるまで何度もお店からシンデレラ靴を盗み出し、道に転がしていた?)

こういうことだろうか。なんだか混乱してきた。

「最近の私って、ヴィクトールさんに似てきた気がします」

杏はカップをソーサーに戻し、ぼやいた。聞かせるつもりではなかったのに、勝手に言葉が外へ漏れてしまった。

「はあ? どこが?」

ヴィクトールがびっくりしたように振り向き、心外という表情を浮かべる。

「俺は杏のように無邪気な性格でもなければポジティブ思考でもないぞ」

「無知で考えなしに行動しすぎだって本当は言いたかったんですよね、わかってます。そこを当たり障《さわ》りない表現に変えてくれたのは、ああすごく成長したんだなあって評価しますけど、やっぱり失礼ですよ、ヴィクトールさん！」

「君も大概《たいがい》、俺に対して失礼なんだが……」

「この頃の私、なんでも深読みする癖《くせ》がついちゃったんですよ！　これって間違いなくヴィクトールさんの影響です！」

八つ当たりでしかない発言だったが、ヴィクトールは怒りを覚えるより先に驚いたようだった。視線をゆらがせている。だがその驚きはすぐに隠された。ヴィクトールは目尻を下げ、どことなく眠たげにも見えるような神妙な表情を浮かべた。どういう反応なのかと杏は身構えた。

「いえ、あの、ヴィクトールさんが悪いと責めているわけじゃない……ですけど」

しどろもどろに言い訳をし出した杏を、ヴィクトールはじっくりと観察し始めた。

「つまり、君は今、俺の話の中に、違和感なり矛盾《むじゅん》なりを見出《みいだ》したってことだな」

「違います、そういうことじゃ――」

いや、そういうことになるのか。

杏は焦りながらも、それを認めた。

(ヴィクトールさんは、嘘はついていない。でも、意図的に隠した部分があると思う)

それでなんだかすっきりしない。なにもかも詳《つまび》らかにしてほしいわけではないけれど、彼が意識して背中に隠した小さな秘密こそ、最も重要な真実である気がする。……やっぱりこの考え方、ヴィクトールをなぞっていないだろうか。

ヴィクトールは目を伏せて、両手で口元を覆《おお》った。凍《こご》えた手に息を吹きかけるかのような動作だった。店内に置かれているアンティークチェアたちが、息を潜《ひそ》めて彼の次の言葉を待っているかのような錯覚《さっかく》を杏は抱いた。いや、妄想も甚《はなは》だしいか。誰も聞き耳なんて立てていない。

「ああ、うん」

やや して ヴィクトールは曖昧《あいまい》に唸った。自分の中でひとまず折り合いをつけたみたいだ。

「君は単純で考えなしだが、時々的確に痛いところを突いてくる。そこが面白い。……面白い、と俺が感じるのは、底に押し込めても湧き上がってくる最も苦しい過去から逃れるために、誰かの理解、同情を望んでいるせいか。いや、単純に、対話をもって楽になりたいというありふれた弱さが芽吹いたせいか？」

独白調で囁いたあとで、ヴィクトールは夢から覚めたように何度も瞬《まばた》きをした。

「……そうだった、俺は今反省中で、できる限り誠実に、正直に答えると約束したんだったな。杏の違和感は正しい。俺は隠したことがある。でも、それは半分だけだ」

「半分？」

恐る恐る聞き返すと、彼は顔から手をどけて、カウンターにゆるく頬杖をつき、杏のほうに体を傾けた。その表情に葛藤《かっとう》は見えない。会話を継続させても大丈夫そうだ。

「女幽霊の服装を見て、彼女がかつてのシッターだと本当に気付かなかったのか。――気付かなかったよ。その言葉に嘘はない。だが、じゃあなぜ気付けなかったのか。その理由が、違う」

「理由……?　ずっと前のことなので覚えていなかった、というわけじゃなくて?」

「彼女の服装より、もっと気になることがあったんだ」

「――裸足だったこと、ですか?」

杏は声を潜めて尋ねた。彼女の足には、皮膚《ひふ》の腐敗による変色とはまた異なる汚れが見られた。爪も一部が剝離《はくり》しかけていたように思う。そちらの不自然な状態に意識の大半が奪われていた、という意味だろうか。

「半分正解だ」

ヴィクトールが微笑む。

また半分か。

「そう、裸足。そこは正しい。でもだ、『どうして靴を履いていないのか?』という疑問を起点にしていたわけじゃない。彼女が『どんな靴を履いているか』を、当時の俺はなにより気にしていたんだ。服装の印象は、それに比べると薄かった」

当時のヴィクトール?　現在のヴィクトールの視点ではなく?

「ところでだ。以前の杏は、俺が名前を呼ぶたび変な顔をしていたよね」

話が一気に飛んだな、と杏は思った。

いや、飛んではいるけれども、無関係ではない。ヴィクトールはこういう独特な話し方をする人だ。もしかしたらそれは、話し手であるヴィクトール自身の動揺を覆い隠すのに必要な時間稼ぎなのかもしれない。杏はそんな無遠慮《ぶえんりょ》な推測をした。

「……最初の頃のヴィクトールさんって、私のことをフルネーム呼びしていましたし」

杏はどう答えるのが正解なのか迷った。

下の名前で呼んでくれるようになったのは、いつの頃だったか。

「簡単には覚えられないんだよ、他人の顔を」

ヴィクトールが囁くように言う。

杏は勝手に暗い匂いを嗅《か》ぎ取《と》った。なんだろう、人の顔を覚えるのが苦手、という簡単な話ではなさそうだ。

「失顔症《しつがんしょう》なんだ。相貌失認《そうぼうしつにん》ともいう。人の顔がわからない。何度同一人物に会っても」

杏は返答に窮《きゅう》した。胃がきゅっとする。

ヴィクトールは目を伏せたまま続けた。

「一種の脳障害でね。顔の形状では個を判別できない。じゃあどうするかっていうと、他の要素、たとえば匂いや体付きなんかで総合的に判断する。でも、もっと手っ取り早く確実な認識手段がある。相手の名前を呼び、それに返事をしてもらうことだ」

だから、フルネーム。呼び間違えたりしないように、きっちりと。

腑《ふ》に落ちた。フルネーム呼びだけじゃない。やけに距離が近い、やけに触れてくる。そう何度も感じたことがある。だが、他の職人たちも彼同様に意外と距離感が狂っていたため――そちらは単純に、コミュ障特有の『親しくなったら一気に距離を詰めてくる』というやつだろうが――ヴィクトールもそんなものかととくに疑わずにいた。

けれども冷静になって考えれば、人類が嫌いだと日々執拗《しつよう》に宣言しているのに、自分からのこのことその対象に近づくわけがない。よほどの事情がない限りは。

体臭と体型、それを何度も確認されていたのだ。たぶん現在も。

数珠繋《じゅずつな》ぎに理解が及び、杏は自身の中に生まれた強い感情を制御し切れずに、ばたっとカウンターに突っ伏した。

（これさあ！　もしもさっき、私が「さあどうぞ好きなだけ話して」って言わなかったら、この先もずっとわからないままだったよね!?）

いや、大事な秘密を打ち明けてくれたことに喜ぶべきか。違う、喜べるような内容じゃない。もしかしたら、人類が嫌い、という主張すら、「人の顔を覚えられずに苦労をした。嫌な思いをさせ、嫌な思いを繰り返した」ことを発端《ほったん》にしているのではないか。

「と言っても、先天性の相貌失認じゃない。後天性のものだ」

淡々とした口調で投下される秘密の続きに、杏は喉の奥で呻《うめ》いた。顔を上げ、少し乱れた横髪を丁寧に直す。

「……シッターの方と関係があるんですね」

そのくらいはさすがに予想がつく。と、わずかばかり自虐《じぎゃく》したところで、杏はふいに閃いた。

「まさかと思いますけど――いえ、ひょっとしてなんですけども、ヴィクトールさんて冷たい飲み物を口にする時、氷を齧《かじ》る癖がありますよね？　それもシッターの女性が関係していますか？」

ヴィクトールは虚《きょ》をつかれた顔をした。

がりがりと氷を齧る癖を見たのはいつだったか……確か、小林春馬《こばやしはるま》と知り合う前、室井《むろい》とともに椅子の展覧会の話をしていた時だったように思う。

「本当に君は、時々思いもよらない勘の良さを発揮するよな」

ヴィクトールが気まずげに笑った。

「知らないうちに癖を摑まれるほど君に観察されていたとは。いや、観察するくらい俺が好きか？」

「……未知の生命体に対する純然たる好奇心ですけど⁉」

「なんでごまかそうとするんだよ。無駄だろ」

「私を！　より翻弄《ほんろう》することで、事実を言い当てられた悔《くや》しさと動揺を隠そうとするの、もうだめですよ！」

「よくわかっているなあ、君」

感心されてしまった。

おかしい、この人。

「――彼女は、よく物を盗む人だったんだ」

ヴィクトールが優しい口調で言った。

唐突な軌道修正だったがそれに文句をつける気にもなれず、杏は怒りと羞恥《しゅうち》で吊り上げていた目尻を下げた。

「うちは裕福なほうではあったと思う。母はおしゃれが好きな人でね、とくに靴を集めていた」

「靴を……」

話の先が見えてきた。以前の、汚いムーミンママのバッグの事件を思い出してしまう。心が縮《ちぢ》こまるような薄汚れた真相だった。あれと同じ棚に並ぶような内容なのだろう。

しょげる杏の様子に気付いたのか、ヴィクトールが慰《なぐさ》めるかのように穏やかに微笑む。

声音で、こちらがどういう心情に変化したかを判断したのだろうか。きっとそうなんだろう。けれど、もしも杏が口を閉ざして他の人の中に混ざったら、ヴィクトールにはもう見分けられない。そう思うと、杏は身勝手にも悲しくなった。

「デンマークの俺の家は、森の中にある。冬になると、それはもう静かで……。深々《しんしん》とした感じじゃなくてね、時が止まっているような静寂に包まれているところなんだ。日本と比べると日照時間も少ないし、人によっては気が塞《ふさ》ぎやすい場所かもしれない。俺はまあ、こういう性格だろ、とくに憂鬱《ゆううつ》になりやすいんじゃないかと両親も随分と気を揉《も》んでいた」

ヴィクトールはしかたなさそうに言った。

「長期にわたってシッターを雇ったのは、俺の世話の他に話し相手を作るためでもあったと思う。彼女はいつも陽気で、おしゃべりで、親切だった。独身ということもあって時間の融通《ゆうずう》もきいた」

「……それで、靴泥棒には目を瞑《つぶ》ることにした？」

「意外とデンマーク人って、日本人並みにシャイなタイプが多いんだよ。彼女みたいな好条件の人類を探すのも一苦労でね。小さな疵《きず》は見逃《みのが》すしかない」

ヴィクトールが軽く眉を上げた。あまり大事《おおごと》ではないような言い方だ。でも本当にそうだろうか。

杏はもぞもぞと座り直しながら、ヴィクトールの本心を探った。こちらの視線が強かったのか、彼は少し咎《とが》めるような苦笑を浮かべた。

「ある日、両親は事情があって家を数日空けなくてはならなくなった。シッターの彼女は、自分が責任をもって俺の面倒を見ると請け負った。父は彼女の盗み癖を知らなかったし、母は……シッターという面では彼女を信頼していた」

嫌な気分が増してきたが、これは他人の自分が安易に責めていい話ではない。当事者にならないとわからないようなことが他にもたくさんあったのだろう。

「彼女は、買ったばかりだという新品のワンピースを着て現れた。十歳の子どもでしかなかった俺は、女性の服装になんかちっとも興味が持てなかった。ただ、青いワンピースだな、という感想しかない。でも嫌われたくはなかったんで、適当に似合うとほめたよ。それがよくなかったのかどうか、今もわからずにいる」

ヴィクトールは、少し顔を強張《こわば》らせた。

杏は不用意にも想像を膨《ふく》らませた。歳の離れた児童の賞賛など、成人女性が本気に取るだろうか。——取るだろう。女性ってそういう生き物だ。それに、十歳のヴィクトールは輝かんばかりの美少年だったに違いない。その優《すぐ》れた容姿も大いに関係したはずだ。

「足元は、履き込んだスニーカーだった。森の中を歩いてくるんだからそりゃ、誰だって歩きやすくて丈夫《じょうぶ》な靴を選ぶ。でも、ワンピースとはあまり合っていなかったように思う。彼女もその自覚があったのかな。自分の足元を見て、顔を曇らせた」

杏はうなずきながら考えた。この時はまだ、ヴィクトールは相手の顔の見分けがついていたようだ。

「俺は妙に胸騒ぎがして、なるべく一人ですごした。カバードポーチのテーブルで絵を描いたり、家の裏のブランコに乗ったり、だが我慢できなくなって母に電話しようと思い立った。万が一シッターに話を聞かれてもいいようにと、日本語で。うちでは、両親の出身国が違うんで日本語とデンマーク語が飛び交っていた。けれど彼女は日本語を知らない」

一人遊びをするヴィクトール少年の姿を想像しようとして、しかしうまくいかなかった。どうしても現在の、椅子を作るヴィクトールの姿にすり替わる。

「家の中に戻って電話をかけた時、彼女の足元が、青いヒールの靴に変わっていることに気づいた。普通に歩くのにも気を使いそうな、細いヒールだ」

ああやっぱり。青だ。

「……お母さんの靴でしたか？」

杏は、色には触れず、持ち主の確認をした。

「そうだね。俺が気付いたことに、彼女も目敏《めざと》く気付いた。片手には、俺用に作ってくれたんだろう搾りたてのオレンジジュースがあった。小さなシャボン玉のような丸い氷が入っていた。彼女は俺がなにかを言う前にグラスの中の氷を指で摘《つま》み上《あ》げ、それを口に押し込んできた。親しげに笑っていたけど、『余計なことを言うな』と脅されているのはわかった。電話では日本語を使ったんで話の中身は不明だったはずだ。逆を言えば、日本語を話したせいで俺が電話をかけた相手は親に違いないと確信を持たれた」

「ヴィクトールさんは、過去に打ち勝つために、氷を噛み砕《くだ》くんですね」

杏がすばやく言うと、ヴィクトールは目を丸くしてから笑った。

「これからは、そう思おう。——彼女の笑顔にヒビが入った。でもこの時点ではまだ、致命的じゃなかったと思う」

「それは、どういう……？」

「両親が家を数日不在にしたのは、父が聖遺物を入手したという噂を打ち消すためだ。子どもの頃のことなんではっきりとは知らないが、マーケットに珍品をばら撒《ま》いたり他の聖遺物の噂を広めたりと、色々やっていたんじゃないかな」

「待ってください、聖遺物が狙われたのって、ここ最近の話じゃなかったんですか？」

杏からすると、自身が標的にもなったので、聖遺物を狙う不審者が出没《しゅつぼつ》するようになったのはここ最近の話に思える。父親が珍品を引き当てる名人で、息子のヴィクトールもアンティークチェアを扱うため、噂に真実味が帯びたという話だったはずだ。が、いや待って――彼の両親の出会いのきっかけも、聖遺物だと聞いたような。

(合っているよね？　あれ、私の勘違いかな。別の珍品だったっけ……？)

女装話の時にさらっと説明された気がするが、しかし、父と息子の逃避行物語のインパクトに加え、ヴィクトールの告白まがいの発言が強烈すぎて、その辺の記憶が曖昧だ。

(あー……、ヴィクトールさんが、靴のほうにばかり気を取られて、ワンピースのほうは青いということ以外覚えていないの、納得できた)

図らずも、杏も似たような状態に陥《おちい》っている。

「ヴィクトールさんのお父さんが最初に聖遺物を入手したと言う噂が広がったのは、ヴィクトールさんの生まれる前。それがご両親を結び付けた……という流れで合っていますか？　そっちは人骨製の宝石箱が原因じゃないですよね？」

杏はゆっくりとした口調で尋ねた。時系列を整理したい。

「合っているよ」

肯定するヴィクトールの微笑に罪悪感らしきものが窺えた。ああ、と杏は敏感に察した。故意に過去の順序を入れ替えて語り、インパクトのある話のほうに注目させたのか。

そうしたのはなぜかというと——失顔症やシッターの女性にもある意味、聖遺物が関係していたためではないか。父と息子の逃避行を聞かせた時点では、そこまで深く話す予定ではなかったのだろう。それで、嘘は交えず「できる限り誠実に」説明しながらも、杏が聞き流し、あるいは混同することを狙った。ところが途中で杏がもやもやしているのを知り、結局全部を打ち明けるはめになったとか。違うだろうか。

（あれ、ヴィクトールさんのお父さんって、どんな聖遺物を手に入れたと噂されたんだっけ。十字架の一部？　モーゼの杖《つえ》？　聖槍《せいそう》？　それとも人骨製の宝石箱が聖遺物と誤解されたんだっけ？）

杏が必死に記憶を手繰《たぐ》り寄《よ》せていると、ヴィクトールが気難しい顔をして後頭部を荒っぽく掻《か》いた。

「正確に言うと、俺の誕生前に父は聖遺物のレプリカを手に入れたんだ」

「……えっ？　レプリカを？」

杏は驚いた。これは聞いていない……はずだ。いや、キリストの十字架の一部を手に入れたと聞いただろうか？　単純に、聖遺物のひとつとして説明されただけだっただろうか？

そこを聞いておきたいのに、ヴィクトールは話を進めてしまう。

「父は酒の場で話のネタにした。だがネタをネタと思わないピュアな人類が聞いていたわけだ。で、追われた。……この話はさっきもしたと思うけど、覚えているよな？」

「覚えていますよ！」

杏は背筋を伸ばして言い返した。威圧的《いあつてき》に見つめられて、うなずかないといけないような雰囲気だったこともある。

「追われる途中に出会った母や親しい同業者の協力もあって、噂は一旦《いったん》収束させることができた。レプリカも既に手放している。だが大人ってね、杏。昔話が大好きなんだ。俺の若い時はああでこうで、っていう、鬱陶《うっとう》しい昔語りを好む」

「は、はい。そうかも……？」

「噂を鎮火《ちんか》させてもう何年も経過したので大丈夫だろうと、気をゆるませたんだろうな。父たちの間で再び聖遺物の話が持ち上がった」

「お酒のある場で？」

「その通りだ。俺は、酒のせいだと責任転嫁する類の大人を決して信用しない。——初めてレプリカの聖遺物を手にして以降、父は珍品をよく引き当てるようになった。コレクターたちに注目されたせいだろう。その結果、人脈も増え、珍品も懐《ふところ》に舞い込み始めたわけだ。これが災《わざわ》いした。噂に改めて信憑性《しんぴょうせい》を与えてしまった」

杏は納得した。レプリカが珍品を引き寄せる役割を果たしたが、それが「こんなに珍しいアンティークを次々と手に入れられるなら、やっぱりレプリカも本物だったんじゃないのか。それはまだ手元にあるのでは？」という具合に都合よくねじれてしまったのだろう。

「一度目の騒動が父と母の出会いの時で、二度目が、俺が十歳の時……シッターが母の青いヒールの靴を盗んだ時となる」

ヴィクトールが指を折って説明する。

「三度目が、この間の倉庫荒らしですか」

うん、とうなずくヴィクトールの目が澱《よど》んだ。

「噂って一度煙が立つと、完全には消せないんだよ。定期的に復活するゾンビみたいなものだ。一度目と二度目は自業自得だが、三度目については父が原因じゃない。父と付き合いのある同業者が例によって面白おかしく誰かに吹聴《ふいちょう》したせいだ。立ち消えたはずの噂がまた広がって、母が精神的に追い詰められた。で、この間俺が召喚《しょうかん》された」

なるほど。母親を落ち着かせるためヴィクトールはデンマークに向かったわけだが、今度はその彼に聖遺物が密《ひそ》かに預けられた、という話に繋がっていくわけだ。この辺もさっき聞いた覚えがある。

順を追って説明されたおかげで、流れは摑めたと思う。なにか少し引っかかる気もするが。

「――話を戻そう。十歳当時、二度目となる噂のせいで両親は再び奔走《ほんそう》することになった。そんな二人の不在を狙ってだろうね。家に物取りが押しかけてきた」

「その物取りっていうのは、やっぱり」

「ああ。もちろん聖遺物をなんとしても手に入れたい迷惑な人類だ。背恰好からして男であるのは間違いない。その時俺はまた家の外に出て、ポーチにあるチェアの上で膝を抱《かか》えていた。物取りの男は手早く、無言で俺をチェアに拘束した」

「――えっ⁉」

仰天《ぎょうてん》する杏を無視して、ヴィクトールは朗読でもするように静かに話し続けた。

「男は俺の動きを封じると、家の中に押し入った。屋内から、女の……シッターの悲鳴が聞こえてきた。俺はもがいた。屋外まで響いてくる物音を聞けば、彼女が激しく抵抗しているのがわかった。それは侵入者を逆上させかねない」

過去を見つめるヴィクトールの表情は悩ましげだった。抗《あらが》わずに大人しく拘束されたほうが安全なのか、それとも勇敢《ゆうかん》に対峙《たいじ》すべきか。究極の選択だ。自身の命がかかっている。

「俺を拘束するのに使われたチェアは、そこまで重量のあるタイプじゃなかった。さらに言えば、俺の身長と比べてわずかに座面が高く、つま先があと一歩、床に届かなかった。おかげで、もがいた拍子にバタンと倒れた。当然俺ごとだ。横倒しになった際にチェアの脚が折れる音も聞こえた。優美な作りで気に入っていたのに――。少しすると、屋内からシッターが飛び出してきた」

杏は無意識に自分の胸を押さえた。悲劇の坂を転がっていくようなつらい話だ。

「彼女は、ポーチに倒れている俺に気づくと、血走った目を向けてきた。だが、うん、彼女は顔を背《そむ》けて、そのまま逃げ出そうとした。ところがだ。彼女はこの日、スニーカーから青いヒールの靴に履き替えている」

「……はい」

「ポーチとドアの境を示す一センチ程度の段差……沓《くつ》ずり部分に、不運にもヒールを引っ掛けてしまったみたいで」

「は？」

段差に？

「たった一センチの差が彼女の人生を崩壊《ほうかい》させたんだ。彼女は、勢いよくうつ伏せに倒れた。それから、ずるずると屋内に引き戻された」

「え――」

杏はその場面を生々《なまなま》しく想像し、ぞっとした。

倒れ伏したシッターの女性の足を摑んで引っ張ったのは、まだ屋内にとどまっていたであろう物取りの男以外にない。

「彼女は引き寄せられまいと、ポーチに両手で爪を立て、懸命に抗っていたよ。床板の溝に引っ掛けた爪から血が滲んでいた。白いネイルだった。それに、彼女が倒れた時に、脱げた靴が俺のそばまで吹っ飛んできたっけ。少しずつ屋内に引き戻される彼女と、目が合った。助けてと彼女は絶叫した。助けられるわけがない。俺だって椅子に拘束された状態でポーチに倒れていたんだから」

「ご近所に、その、彼女の声は届かなかったんでしょうか」

「家は森の中にあると言っただろ。隣家まで、果たして声が届くかどうかも怪しいくらいに距離が開いている」

「そうでした……」

と、俯きかけて、杏は全身を硬くした。

「待ってください。——ええと、一センチの差？」

一センチ。人生の崩壊。急にそこが引っかかった。

似たような話を、どこかで……。

「……ああっ！」

ある記憶が天啓《てんけい》のように降ってきた。

「あれですか、『一センチの違いが人生の崩壊を招く』んですか!!」

半《なか》ば腰を浮かせて叫べば、ヴィクトールが驚いたように身を引いた。

そう、彼は以前、スツールの高さに異様なこだわりを見せたことがある。

あの時は面倒に思って適当に聞き流してしまったが、冗談めいたその主張は紛《まぎ》れもなくヴィクトールの本心だったのだ。当時の彼はたぶん、聞き流してほしくなかったに違いない。わずか一センチが人生を変える可能性がある。それを知っていた。過去を投影していた。たとえばこれが床面の段差ではなく、椅子の高さであっても、一センチ違えば立ち上がる時の足の動かし方がほんの少し変わってくるかもしれない。

ヴィクトール少年が椅子に拘束された時だって、わずかにつま先が床に届かず、バタンと倒れてしまったのだ。たぶんこれも、一センチ。

「も……もー!!　ヴィクトールさん、お願いですから、もおお！」

杏はカウンターチェアに座ったまま両足をばたつかせた。

「うわ、うるさいな……」

こちらの胸の内をこんなに掻き乱しておきながら、迷惑そうな顔をヴィクトールが見せる。

心が追いつかずに悶《もだ》える杏を無視して、彼は滔々《とうとう》と過去を語る。

「倒れた時に軽く頭を打ったためか、実を言うと、その後のことははっきりしないんだ。いや、一部分はぼんやりと覚えているけど。家から出てきた物取りの男が俺の手前で身を屈めて、顔を覗き込んできた気がする」

「ええっ……、ということは、ヴィクトールさん、相手の顔を見ましたか」

怯《おび》えながら尋ねると、ヴィクトールは首を横に振った。

「残念なことだが、男はハロウィンパーティーで活躍しそうな趣味の悪い緑色の吸血鬼のマスクをつけていた」

ぐっと杏は息を呑んだ。

杏自身、二度も椅子に拘束された経験を持つ。他人に手足の自由を奪われるのはどれほど恐ろしいことか、誰よりも知っている。心が黒く塗《ぬ》り潰《つぶ》されるような……真っ暗な海の底へと逆さまに落ちていくような、救いもなくよるべもない感覚。息苦しさ。諦観《ていかん》。あの暗い恐怖を、ヴィクトールも味わったことがあるのか。

「次に意識がはっきりした時には、俺は病室にいた。どうやらポーチにあの状態で放置されたらしくて。書類を届けにやってきた郵便配達員が発見してくれて、それで助かったんだ」

そこは、よかったと思う。子どもだったので傷付けられずにすんだのかもしれないとも思い、杏は視線を自分の膝に落とした。

「退院後、俺は人の顔の見分けがつかなくなっていることに気づいた。入院中に全身の検査をすませていて、異状はないと診断されていたんで、精神的な理由でそうなったんだろうね」

ヴィクトールはこれを嫌悪の表情で言った。

「この事件がきっかけで、俺は日本に移ることになった。ついでに父もしばらく日本で過ごすと言って、あちらで入手したアンティーク品を運び出したけどな。山ほど木箱を日本に輸送したよ。そっちのほうが目的だったんじゃないかと、母に疑われてそこでも喧嘩をしていたな」

杏は、両親の痴話《ちわ》喧嘩には触れないことにした。

「――久しぶりに人類の顔を見分けられたが、その相手がかつてシッターだった人というのも、まあ運命的だよな。彼女だったからこそ顔がわかったっていうべきか？」

ヴィクトールは皮肉そうに言って、カウンターに肘《ひじ》をついた。

そうか、彼女が既知の人物と気づいたので、ヴィクトールはあんなに驚いていたんだったか。

「……もしかして、前にヴィクトールさんが私の靴を管理したがったのは、その――私がシッターの方と同じ間違いを犯すことを恐れて？」

思いついたまま口にしたあとで、馬鹿な質問だったと杏は後悔した。デリカシーもない。

「ああ、うん、……どうだろう」

しかしヴィクトールは別段不快にも思わなかったのか、考え込む表情を見せた。

「確かに俺は、靴に対してなにかしらの執着があるかもしれない。椅子職人にならなかったら、靴職人になっていたかもな。あの、初夏に君が盗んだ木製の靴――おっと、違った、君が届けに来てくれた木靴を作ったりしているくらいだし。手慰《てなぐさ》みに小物を作る時は、つい靴のモチーフを選んでしまうんだよな……」

杏は、余計な指摘を混ぜて答えたヴィクトールを睨むのをやめて、目を瞬《しばたた》かせた。

木製のシンデレラ靴も、単純なディスプレイ目的で製作されたわけではなかったのか。

ヴィクトールが盲目的《もうもくてき》なほど椅子にこだわるのも……そうか、一センチ。倒れたからだ。物取りの男の手で椅子に拘束されたのち、彼はもがき、横倒しになった。その時、椅子の脚が折れた。それは自分の心が折れる音でもあったんじゃないか。それで、作ろうとした。作る人になろうとした。アンティークになるくらいに頑丈な椅子。いや、たとえ折れても修復すればいい。そうできる人になろうと奮起《ふんき》したのかもしれなかった。

杏はもうひとつ気付いた。なんらかの確証があるわけではない。本当にただの直感、あるいは願望でしかないが——。

「ポーチに置かれていたチェアって、白樺《しらかば》の木で作られたものでしたか？」

ヴィクトールは心の底に埋《う》めていた秘密を打ち明ける間中、ずっと眼差《まなざ》しに漂《ただよ》わせていた陰を消し、驚いたように目を大きくした。

「なんでわかった？　俺が初めて修理した椅子でもあるんだ。……え、不思議だ。それに繋がるような言い方はしていなかったはずだけど。なんで？」

「霊感が働いたのかもしれませんね」

真面目腐《まじめくさ》った表情を作ってそう嘯《うそぶ》くと、ヴィクトールは吐息《といき》を漏らすように笑った。が、その直後に、急に冷めた顔になる。杏は警戒した。この人の感情の動きは本当に読めない。

「言っておくが、俺の言動をなんでもかんでも過去と結び付けるのはやめてくれよ」

「はあ……」

「気のない返事もやめろ。まさか俺が道に迷いやすいことまで過去のせいだと勘違いしていないだろうな」

杏はとびきり優しく微笑んだ。なんだ、方向音痴《おんち》だという自覚はあったのか。

「いや、事の原因ではあるが、それを……道に迷ってもかまわないと思うようになったのは、他の迷惑な人類が関係しているんだ」

彼は意図的に作ったような不機嫌な表情を浮かべた。

「他人の顔が判別不能になったのだって、もとはと言えばその人類がきっかけだ。原因それ自体は過去の事件にある。だが、見えなくていいと俺に許した女がいるんだよ」

女、と杏は口の中でゆっくりとつぶやいた。当時の彼に、ということだろうか。しかし今の話を聞く限り、事件当日に彼と接触しているのはシッターと物取りの男だけだ。

まさか学校の友人と話したとか……それはヴィクトールの性格上、考えにくい。

いや、事件の日に登場する人物はもう一人いた——と言っていいのか。

「郵便配達員の方に、なにか言われたとか？」

「なぜそうなるんだよ。俺の話をちゃんと聞いてた？」

呆れた顔を向けられて、杏はぐっと眉間に皺《しわ》を寄せた。悔しさをごまかすためにふんぞり返るように腕を組み、今し方聞いたヴィクトールの過去話を頭の中で再生する。そして閃いた。

「あ……お母さんですか？　電話をかけたんですよね？」

電話をしようと家に戻った、とヴィクトールは言っていたはずだ。そしてそのあと、シッターの靴が変わっていると気付き、彼女の顔にヒビが入ったとも。電話を終えた後にそうなった、という意味じゃないだろうか。

(でもなあ、自分のお母さんを、女呼びする？)

杏は微妙な気持ちになった。

ものすごく険悪な仲ならまだしも、彼はわざわざ母親のためにデンマークまで飛んだりしているくらいだ。色々言いつつも家族仲は良好だろう。

特殊な感性を持つこの人なら、女呼びもあるか……？　という戸惑いが透けて見えたのか、ヴィクトールは杏のように偉《えら》そうに腕を組んだ。

「違う、母は無関係だ。でも電話はかけた。……あの時、焦るあまり、間違い電話をしたんだ」

ヴィクトールは顔を背けると、子どものように唇の端をひん曲げた。

「見知らぬ女が出た。当時の俺は……心細さもあったしね、その女と少し話をした」

「間違い電話に出た女性と」

「うるさいな、もう誰でもいいから助けてほしい心境だったんだよ。……その人類は、俺が本当は母親に電話をかけるつもりだったと気付いたようで、『すぐにお母さんは帰ってくる』だなんて適当に励《はげ》ましてきた。帰ってくるわけないだろ、両親の外泊日程は事前に聞いていたんだ」

「ひどい。ヴィクトールさんがひどい。その女性はヴィクトールさんを元気づけようとしただけでしょうに」

「君、さっきからうるさい。こっちは、盗みを働くシッターと二人きりだったんだぞ」

それを言われると。杏はしんみりした。

「でも、シッターの様子がなんだか怖いんで母親の声を聴きたくなった、なんて事情、いくらなんでも間違い電話の女には説明できないだろ」

確かに。赤の他人に話して聞かせるには、内容が重すぎる。

「で、……ああ、くそ。当時の俺は心身ともに、か弱い少年だったんだ。まだ十歳で」

「はあ」

「また気のない返事をする。人類のそういうところが俺を追い詰めるんだ」

「わかりましたから。それで、どうしたんですか」

「なにも知らない女の無責任な発言が許せなかった。帰ってこなかったらどうするんだ、お化けが出るかもしれないだろと――そんなふうに俺は話を脚色した」

「――お化け？」

聞き返したのを、彼は馬鹿にされたとでも勘違いしたのか、頬を淡く色付かせた。

「そうだよ！　その無責任な女は、とことん軽く言い放った。見えないと思ったら絶対に見えない、安心しろって。それで、純粋《じゅんすい》だった少年の俺は、そうか怖いものは見なくていいんだと……恐ろしいシッターの顔も見なくていいんだと啓示を受けた気分になって、おそらく無意識下で自分に許した。必要以上に道に迷いやすいのも、嫌だ外に出たくないとつい否定的に考えてブレーキがかかるためだろ。正しい道が見えなくなる。見えなくてもいい。世界のどこかに、ネジの外れた俺を認める人類がいる。そういう安堵《あんど》がある」

杏は無言で彼を見た。頭の中で、記憶が渦《うず》を巻いていた。

「そもそも幽霊だって見えなかったはずなんだ。なのに、君と知り合って、じわじわと見えるようになった。おかしい」

ヴィクトールは気恥ずかしいという以上に憂鬱になったらしく、背を丸め、杏に八つ当たりし始めた。

「──おかしいですね、はい……」

「なんで目を逸らすんだよ」

「ええと、その──責任取ります」

「なんのだ」

冗談と捉《とら》えたヴィクトールは鼻で笑ったが、杏は本気だった。

その電話を、たぶん杏は知っている。

でもひとつ訂正したい。

(無責任な女、じゃなくて、いい加減な女、って言ったでしょヴィクトールさん)

死体探しの旅で宿泊した三日月館《みかづきかん》、そこで受け取った間違い電話の少年の正体が、本当に彼なのだとしたら、だけど。

ぬるくなった珈琲で喉を潤し、ほっと一息ついた時だ。

カタッという音が耳に届いた。出入り口のドアのノブをひねる時の音だ。

気怠《けだる》げに欠伸《あくび》をしていたヴィクトールの耳にもその音が届いたのだろう。杏たちは同時に動きを止めた。そして同時に身をねじり、出入り口のドアを振り向いた。ドアのベルが軽妙な音を響かせた。

「……しまった。鍵《かぎ》をかけていなかったか」

ヴィクトールがカウンターチェアから立ち上がり、出入り口のほうに向かう。

杏はなんとなく手持ち無沙汰《ぶさた》な思いになり、じっと彼の背を眺《なが》めた。ドアの外側にクローズのプレートを出していたはずだが、シャッターは開けたままの状態だ。もしかしたらオープン中と勘違いした客がふらりとやってきたのかもしれない。

（あれ、もう四時をすぎてる）

壁時計を見やって、杏は多少驚いた。店に到着したのは午後三時前後だったと思う。もう一時間以上も話し込んでいる。

　ヴィクトールが出入り口のドアを開けた。杏はカウンターチェアをくるりと回転させて体ごと出入り口のほうに向き直り、そちらに再び視線を注いだ。ヴィクトールの開けたドアから薄《うす》闇《やみ》が店内に押し寄せてくる。今は十二月だ。この時刻になれば、青墨《あおずみ》を少量ずつ流し込まれたかのように町はじわじわと夜の色に変わっていく。

　ヴィクトールの体が壁となって……というよりは、外に広がる薄闇が彼の向こうに立っているだろう訪問者の輪郭《りんかく》を溶かしてしまい、その正体が判然としなかった。性別すらも怪しい。

　彼は訪問者と二、三、言葉をかわすと、振り返って杏に軽く手を上げた。

　本当にそそっかしい客か、あるいは取引先の業者だったのか。ヴィクトールは会話に戻ると、そのまま出ていった。店の外で対応するらしい。杏はまたカウンターチェアをくるりと回し、正面を向いた。

　訪問者を店内に入れなかったのは、こちらに対する配慮だろうか。

　ここへ来る前に警察署に立ち寄っている。事情聴取を受け、改めて事件当日の記憶が蘇ったに違いないから、今日ばかりは他人と顔を合わせたくないだろうと。

　杏はひとつ息を落とすと、両手でカップを持ち、残りの珈琲を飲み干した。短時間にたくさん飲みすぎてしまったかもしれない。一気に飲むと、胃痛になりやすい。

　空のカップをソーサーに置き、カウンターチェアに腰掛けた体勢で軽く伸びをする。体の強張りをほぐし、またひとつ息を落とす。

その時だった。またもカタンという硬質な音が聞こえた。ヴィクトールが戻ってきたのかと期待を込めてドアのほうを振り返る。だがドアは開いていない。ベルの音もしなかった。彼はまだ外にいる。

杏はゆっくりと瞬きをして、ぐるりと視線を一周させた。

今の音は、内部で響いた。

家鳴《やな》りとは異なる。モーター類の作動音でもない。

――そして、ポルターガイストでもない。

自分以外の、人の気配が店内にある。

誰かがこの中にいる。

そう確信して、杏は息を止めた。確信する傍《かたわ》ら、そんな馬鹿なという否定が頭の中を占拠《せんきょ》する。ヴィクトールは店の外にいるので、ここには杏しか存在しない。なぜなら自分たちがシャッターを開けた。ドアもしっかり施錠《せじょう》されていた。シャッターやドアの鍵穴部分に異変が起きていれば、観察力に優れたヴィクトールがとっくに指摘していたはずだ。

多種多様なチェアを展示している店内は、一見身を隠しやすいようでいて意外と難易度が高い。スキップフロアスペースにもずらっとアンティークチェアを並べている。奥側に身を潜めるにしたって、いくつかチェアを移動させないと無理だろう。だが、もし配置が変更されていたらそれに気付かないわけがない。

一番隠れやすいのはこのカウンター内だが、店に到着以降、杏たちはここで話し合っている。とくに杏のほうは飲み物の準備をするためカウンター内に何度も入っている。誰かが内側に潜んでいたなら、歩み寄った時点でその姿を発見し、叫び声のひとつでも上げていたに違いない。だとするなら他に――。

(バックルームの内部は、見てない)

杏は音を立てないようにゆっくりとカウンターチェアから降りた。

いつもは店の制服に着替えるべくバックルームへと急ぐのだが、今日は臨時休業に変更したこともあって、ヴィクトールともどもカウンター側に直行している。

着用していたショートダウンは隣の席の上だ。ヴィクトールの上着はというと、警察署を出て車に乗り込む直前に、ジャケットとコートの両方を後部座席に置いている。「TSUKURA」に到着後は、彼はどちらとも車に置きっ放しにして店内に入った。

振り返ってみると、二人ともがバックルーム内を点検していない。が、侵入経路となる店の出入り口に不審な箇所は見当たらなかったのだ。それは間違いない。

やっぱり誰も店内に潜んでいるわけが――。

(――でも、隣の出入り口は?)

セーターの袖《そで》の下の腕がざわっと粟立《あわだ》つのを感じた。

この店には出入り口が二つ設けられている。より詳《くわ》しく述べると、同一構造の煉瓦《れんが》倉庫が横に二つ並んでいる。アンティークチェア販売、オリジナルチェア販売と、それぞれフロアを分けているので、出入り口も別に設けられている。

だが、この二つのフロアは内部ドアを通じて出入りが可能だった。

杏が今いるのは、アンティークチェアを展示するフロアのほうだ。

(オリジナルチェア側の出入り口のドアは、施錠されていたか確認していない)

いや、そちら側はシャッターが下りていた。もし上げられていたら二人とも気付いている。

(でもそれだって、遠目で確認しただけだ。近くに寄って点検したわけじゃない)

自分の中で次々と声が上がる。

(たとえば、オリジナルチェア側のシャッターの鍵を壊し、出入り口のドアの鍵も外して忍び込んだあと、道を渡る歩行者とかに怪しまれないよう内側からシャッターを閉めていたら?)

そうすればシャッターに接近されない限り、錠部分に手を加えたことにも気付かれにくいだろう。大抵の人間は、シャッターが地面まで下りていれば、「問題なく施錠されているはずだ」という先入観が働く。

でも、と杏は悪あがきしたくなる。まだ夕方だ。閑静《かんせい》な場所といえどもこの時間帯なら多少は通行人の姿だって見受けられる。偶然通りかかった誰かに不審を抱かれる可能性も、深夜よりは高くなるだろう。そんなリスクを犯してまでいったいここでなにをしようというのか。

アンティークチェアは高額商品に区分されるだろうが、ポケットの中にさっと隠せるような装飾品類とは違って、重量的にもサイズ的にも簡単に運び出せるものではない。運搬《うんぱん》には車が必要だ。しかし店の周囲で怪しい車の類は見かけなかった。

——そうじゃないでしょう、と別の自分が焦《じ》れったそうに反論する。なに呑気《のんき》なことを言っているんだか、目当ての品なんてあれしかないでしょうに。聖遺物。警察沙汰にまでなったんだもの、相手だっていつ逮捕《たいほ》されるかしれない不安を抱えているはずだ。いずれ捕まるにしてもせめて目的の品は奪っておきたいと、もうなりふり構わず探しに来たに決まってる。

(ヴィクトールさんに、伝えなきゃ)

いや、本当に、恐れが肥大《ひだい》するあまり妄想も激しくなっただけかもしれない。まだわからない。いわばシュレーディンガーの猫だ。自分の目で確認するまでは、そこに誰かが潜んでいるだなんて断言できっこない。そう、猫。あれだ、幽霊猫がバックルームで遊んでいるのかも。お供《そな》え効果か、この店には守り神ならぬ守り猫が住み着いている。きっとそうだ。

杏はうだうだと考えながらも、バックルームのほうに一歩一歩近づいた。音を立てないよう最大限に注意を払い、伸ばした手をバックルームのドアにそっと置いて耳を近づける。

音は聞こえない。むしろ自分の心臓の音のほうがよっぽどうるさい。

細く息を吐いた時、やわらかななにかに足首あたりをするっと撫《な》でられた。

今日は黒いパンツにブーツ、そして厚地の靴下も履いているので、足首付近はそれなりに重装備だ。素足《すあし》だったならともかく、ブーツ越しの接触で、それがやわらかいか硬いかなど正しく判断できるわけがない。しかし、間違いなく杏はそう感じた。

息を呑み、戦々恐々と足元を見下ろす。

すると一瞬だけ、そこに猫の姿が見えた気がした。……足首を撫でたというよりは、頭突きをされたのかもしれないと杏は思い直した。まるで、このドアから距離を取れと警告するために頭を押し付けて、杏を下がらせようとしたみたいに思えた。

杏はブーツの踵《かかと》が音を立てないよう、先ほどの行動とは逆に、バックルームのドアの前から一歩一歩遠ざかった。ああ、ヴィクトールに妄想だと笑われてもいい、早く外に出たい。

(もしも本当に誰かがバックルーム内に隠れているとして)

たぶんその人物はそこそこの時間、店の周辺を窺っていたはずだ。で、昼を過ぎてもクローズのままだったから、今日は開店しないのだろうと決めつけて忍び込んだ。ところが三時くらいに杏たちが突然やってきたため、とっさにバックルームに逃げ込んだ。なんとかバレずに隠れられたのはいいものの、杏たちがカウンター席に陣取《じんど》ってだらだらとおしゃべりをし始めたおかげで逃げようにも逃げられない。でも、耳を澄ませて一時間ほどを耐えたあたりでふいに声が途絶えた。出入り口のドアの開閉音……そこに取り付けられているベルの音もかすかに耳に届く。ああ、やっと二人とも外へ出ていったのかと――そんなふうに想像しないだろうか。

実際は、訪問者の対応をするためにヴィクトール一人が店を出ただけだ。

彼がそばにいないのに、杏が店内でおしゃべりを続けるわけがない。でもドア越しの見えない状態で、音のみで状況を判断した場合、二人ともが出ていったと誤認しても不思議はない。

何歩分後退できただろうか。

キイ、とかすかにドアの軋《きし》む音がした。

バックルームのドアが、内側から、ほんのわずか――数センチほど開かれた。

そのわずかな隙間から灰色の顔が覗いていた。外国のホラー映画で見るような、目と口部分のみが三日月形に黒く切り取られた不気味なマスクだ。すう、はあ、すう、と荒い呼吸音が聞こえた。通気性の悪いマスクのせいで息がしづらいのか。

恐怖が雪崩《なだれ》のように杏の全身を襲った。バケツの水を頭から被《かぶ》ったような心地にもなった。そう感じるくらい全身が汗で濡れた。

猫の頭がまた足首にぶつかる感触がした。もたもたするな、早く動け、と訴《うった》えている。

杏は思い切って身を翻《ひるがえ》し、出入り口のドアに向かって駆け出した。恐怖心に呑まれて脚がもつれかけても強引に前進する。背後で、バタンと勢いよくバックルームのドアが開かれた。振り返る余裕はなかった。ただ死に物狂いでドアへ走った。

ああ、これもまた『お化け』だ、と杏は頭の片隅で考えた。数度現れたシッターよりももっと手強く恐ろしい『お化け』。昔、ヴィクトールのことも襲った無慈悲《むじひ》な『お化け』だ。

ヴィクトールはさっき、シッターの女性が最後どうなったのかを説明しなかった。しなくとも、幽霊として出現している以上、彼女がどんな結末を迎えたのかは容易《たやす》く想像できる。

似たような立場に立たされている杏も、ここで捕まれば殺される可能性がある。

杏は体当たりするかのように乱暴に出入り口のドアを押し開けた。

すぐそこにいると信じていたヴィクトールは、多少離れた位置に——オリジナルチェア側の出入り口の前に佇んでいた。薄闇に輪郭《りんかく》が溶かされ、影のようだった。彼も、外に出た後で、隣の倉庫のシャッターにこじ開けられた形跡があると気付いたのかもしれなかった。

杏は叫ぼうとして、だが息を殺した。

彼の横に赤毛の幽霊が立っている。過去に何度も店に訪れた、あの外国人の幽霊。

（なんで、今！）

よりによってこのタイミングで。

逃げて、と彼に危機を伝えようとして、杏は盛大に躓《つまず》いた。ブーツのつま先が出入り口のドアの境を示すわずかな段差に引っかかったのだ。勢いを止められなかった。

杏はなすすべなくバタッと馬鹿みたいにうつ伏せに転倒した。心臓までがべちゃっと潰された気になった。恐怖と痛みと絶望感が脳をじんと痺《しび》れさせた。息も一瞬止まった。

まるでヴィクトールの過去をこの場で再現させたみたいだ。正しくはヴィクトールが見ていたシッターの最期《さいご》を。沓ずり部分に該当《がいとう》する一センチ程度の段差にハイヒールの踵を引っ掛けて転倒した彼女の、悲劇的な顚末《てんまつ》。倒れた拍子に片方のハイヒールが勢いよく脱げて、ヴィクトールのそばまで飛んできたという。薄闇の、どこか透き通って青みを帯びた物静かな夜の中、その一際《ひときわ》鮮やかな幻の青いハイヒールが杏の目にも映《うつ》った気がした。

このまま背後の『お化け』に両足首を摑まれ、ずるずると地獄《じごく》まで引っ張られる――。

一瞬だけそんな弱々しい考えに取り憑《つ》かれた。

(私はまだ、ヒールの似合う人間じゃない)

杏は瞬きひとつで諦観を振り払い、バネのように勢いよく身を起こした。

自分が履いているのは赤いハイヒールでも青いハイヒールでもない。足によく馴染んだブーツは、ちょっと段差に引っ掛けたくらいじゃ脱げたりしない。服装だってふわふわしたゴスロリでもなければ、上品なワンピースでもないから、裾《すそ》のめくれを気にする必要もない。

膝にぐっと力を入れ、前方を見据《みす》えて力強く一歩を踏み出す。

こっちに駆け寄ってくるヴィクトールの姿を捉え、無意識に手を伸ばす。直後、近くの街灯が一斉に目覚め、ぱぱっと周囲に明かりを広げた。青色のベールのような薄闇が、オレンジ色の光に溶かされる。束《つか》の間、ゴッホの世界、「夜のカフェテラス」の世界を杏は思い出した。頭の中でラッパの音が華《はな》やかに響き渡る。紙吹雪、囃《はや》し立《た》てる観客の顔。

だが、『お化け』も負けじと後ろから手を伸ばしてくる。

残念なことに、ここには、「さあ急げ!」と導いてくれる髭面《ひげづら》のミヒャエルおじさんが存在しない。逃げ切れそうにない。もうだめだ、後ろから髪の毛を摑まれた。

迫り来る悲劇の予感に背筋を震わせた瞬間、ガサガサっと妙な音……ビニール袋の擦れるような、不可解な音が響いた。緊迫《きんぱく》した場にすこぶるそぐわない音だった。

どういうことかといぶかしみ、目を瞬かせれば、なぜかパン――決してなにかの比喩ではない、本当に食べ物のパンが――杏の見間違いでなければ丸い豆パンとか、粉砂糖の輝くツイストドーナツとか、つやつやのコロネとか、三日月のクロワッサンとか、ストロベリーチョコのパンとか、蒸しパンなどが、弾《はじ》けるポップコーンみたいにぽんぽんと頭上を舞っていた。

杏はぽかんとした。なにこれ。夢？

夢か現実かを見極める前に、横から大きな黒い塊が飛んできた。いや、飛んできたというか、猛《たけ》る闘牛《とうぎゅう》のように突進してきた。

杏を捕まえようとしていた『お化け』……マスクを被った黒一色の恰好の侵入者を、その闘牛ならぬ赤毛の幽霊が弾き飛ばし、さらには馬乗りになって拘束した。

なにが起きたのか把握できず茫然自失《ぼうぜんじしつ》状態で立ち尽くす杏の身も、こちらに駆け寄っていたヴィクトールの腕の中に庇《かば》われた。

空を舞っていた色とりどりのパンが、パタパタと落下する。

（……このパンって、夢の産物じゃなかったんだ⁉）

杏はまだ呆然《ぼうぜん》としながらも、強張った顔で赤毛の幽霊と侵入者を見下ろしているヴィクトールを仰《あお》いだ。

「昨今の幽霊って、絞《し》め技《わざ》にも精通しているんでしょうか。戦意溢《あふ》れすぎていませんか……」

これを聞いたヴィクトールは、しばらく啞然と杏を見つめると、脱力したように深い溜め息を落とした。


その後は、クリスマスが一足先にやってきたのかと思うほどに店の前が騒々しくなった。ちかちかと輝いていたのはクリスマスツリーのライトではなくて、連《つら》なって登場したパトカーのランプだったが。

とりあえず侵入者は無事に連行されていった。三十代の見知らぬ日本人男性だった。ヴィクトールも見覚えがないみたいだった。聖遺物を狙う人間は意外と多いのかもしれない。信仰心からではなく、高額で売り捌けるというわかりやすい欲で。

また後日に事情聴取があるのかとうんざりしなくもなかったが、ヴィクトールの自宅横の倉庫荒らしの件と合わせて捜査はこれでかなり進展するだろう。あとは警察の領域で、もう杏たちの出る幕はない。

「ご自宅まで送ります」

未成年者への配慮か、年若に見える警察官がつとめて優しい声で杏に言った。

ヴィクトールとは満足に話せないまま杏はパトカーに乗せられ、帰宅させられることになった。

かろうじて彼から聞き出せたのは、こういう話だ。

赤毛を持つ外国人の幽霊の正体は、彼の親戚の人だったこと。店を訪れたのもこの人。幽霊ではなく、もちろん生きている人間だ。空を舞っていた謎のパン群は、店を訪れる少し前にこの男性が近所のパン屋で購入したものだったこと。それを、杏の救出の際、邪魔になるからと思い切り放り投げてしまったのだとか。

杏はパトカーに乗り込む前に、赤毛のその人に「ありがとう、ミヒャエルおじさん」と感謝を伝えた。

すると彼は奇妙な顔をし、母国語混じりの不器用な日本語で、「Nej《ネイ》、私、ヘンリックです」と礼儀正しく訂正した。ヴィクトールもわけがわからないという顔をしていたが、杏の中では、もうこの人は夢に登場していたミヒャエルおじさんだった。

5

ヴィクトール曰《いわ》く、「おぞましいクリスマスミサ」――知人や仕事仲間を招待してのクリスマスパーティーは、二十三日の午後に行うことになった。

杏《あん》個人の予定は、二十四日は友人の弓子《ゆみこ》たちと彼女の自宅でパーティー、二十五日はまったりと家でお祝い、という感じだ。ヴィクトールと二人でお祝いしたい、なんていう甘い夢の成《じょう》就《じゅ》ははなから期待していない。なにしろ楽しいはずのパーティーを、憂鬱《ゆううつ》丸出しの表情でクリスマスミサとのたまう人だ。だいたい大人の男性であるヴィクトールに、未成年の自分から積極的に誘いをかけるなんてハードルが高すぎる。前提として、付き合ってもいない。好意云々《うんぬん》とは言われたけれども！

ヴィクトールに誘ってもらえるかもなんていう甘すぎる夢も、当然見るはずがない。繰り返すがクリスマスパーティーをミサと捉《とら》える人だ。無理だろう。

その『クリスマスミサ』の開催場所は、「TSUKURA」に決定した。パーティー用の食べ物を大量に持ち込んだり、大人数で押しかけたりして問題ないのかといささか不安にもなったが、このあたりはちゃんと対策が講じられていた。

年明けに開催予定のヴィクトールフェアならぬアールヌーボー・アールデコフェアのため、ついでに大入れ替えと清掃《せいそう》、模様替えも兼ねて、店内に展示中のアンティークチェアをいったんすべて彼の倉庫に移動させるという。となると当然、年末の店番はなしとなる。

正直な話、全身全霊でパーティーを嫌がるくせになんだかんだで受け入れ、場所を提供したりするから星川《ほしかわ》にしつこくかまわれるのだと思うが、これは教えないほうがいいだろう。

「……ううん、年始だけのバイト、他でなにか探そうかなあ」

カウンター内に入って招待客向けにノンアルコールのシャンパンをグラスに注いでいた杏は、うっきうきの笑顔の星川に赤いサンタ帽子を頭に載せられながらも真剣に考え込んだ。

年末年始に店番は不要なら、バイトも休みになるだろう。来年になれば受験勉強本番だ。まだ時間の取れるうちにバイトをしておきたい。

緑色のサンタ帽をかぶっている星川が、おやと眉《まゆ》を上げ、杏の顔を覗《のぞ》き込《こ》んだ。

「あれ、ここのバイト辞めるのか、杏ちゃん。だったらうちで店番のバイトする？」

「あ、いえ。辞めたいわけじゃないんですよ。ただ、年末年始はここのバイトがお休みになるんじゃないかと――」

かくかくしかじかと星川に事情を説明していたら、カウンターの内側に屈《かが》み込《こ》んで先にシャンパンを飲んでいたヴィクトールが嫌そうに杏を見上げた。

淡いグレーのシャツにすっきりした黒のベストとパンツ、アンティークのアグレットがついたベロア地のループタイという彼によく似合った恰好だが、いい加減パンツに皺《しわ》がつきそうだ。杏は無用な心配をしたあとで、少し呆《あき》れた。

人類嫌いの物臭《ものぐさ》なオーナーは、次々と訪れる招待客に恐れをなして、ひたすらカウンター内に引きこもっている。狭《せま》い場所で足元にしゃがまれているため、忌憚《きたん》なく言わせてもらえば邪魔だった。

「誰が休みと言ったんだ。店番はなくとも店内のディスプレイの仕事があるだろ」

「そうなんですか？」

「そうだよ」

それなら他で短期バイトを探さずともいいのか。杏は内心ほっとした。

「なになに？　ついでに杏ちゃんと一緒に初詣《はつもうで》に行くつもりとかあ？　ヴィクトールったらあ、やだあ」

と、星川が妙な節をつけてからかい、にんまりする。

杏は真顔で、「いえ、ヴィクトールさんが自ら進んで地獄《じごく》の園に……参拝客で混雑する神社に行くわけがないですよ」と迷わず答えようとした。

ところが予想に反してヴィクトールは、さっきと変わらない口調で「そうだよ」と肯定した。

杏と星川はきょとんとした。先に復活した星川が、「……まっ、まじでえ⁉　ちょおっ、うわあ、工房長さん、おたくのヴィクトールさんがあ！」と慄《おのの》き、慌ただしくカウンターを離れた。

杏は愕然《がくぜん》とヴィクトールの金色の頭を見下ろした。

ヴィクトールが不機嫌かつ憂鬱かつ絶望と嘆《なげ》きをたっぷり込めた表情を作り、恨《うら》めしげに杏を見つめる。

「俺だって初詣くらい行ける」

「……私と？」

「君とだよ。まさか俺に星川仁《じん》と行けというのか？」

それは言っていない。が……。

「というか君なあ、普通二十四日は空《あ》けておくだろ。なんなんだ、最近の女子高生って。友人と夜通しケーキを貪《むさぼ》るパーティーだと？　わけがわからない」

杏はひたすら愕然とし続けた。

この言い方は、もしかして。

（……あれっ？　まさかと思うけど、一緒に過ごそうと考えてくれていたとか⁉）

いやない、ヴィクトールに限ってそんな奇跡、あるわけがない。

杏がその奇跡を爪《つめ》の先くらい信じて真意を尋ねようとした時、ヴィクトールがワンピースの裾《すそ》を軽く引っ張ってきた。

「君へのプレゼント、ロッカーにぶち込んでおいた」

「言い方！」

「帰る時に履《は》きなよ。家まで送る」

「だから！　もおお！」

なにをプレゼントに選んでくれたのか察してしまい、杏は情緒を狂わせて叫んだ。ヴィクトールに倣《なら》ってその場にしゃがみ込んでしまいたかったが、なにしろ給仕役が自分しかいない。

優しい笑顔でカウンターに歩み寄ってきた室井《むろい》夫婦に「メリークリスマス」と告げ、シャンパンのグラスを渡す。室井の意味深なにやにやがすごい。ちなみに今日のクリスマスケーキやちょっとしたスイーツなどは、言わずもがな、彼の妻たる香代《かよ》の手作りだ。杏と雪路《ゆきじ》も実は少し手伝っている。

次に近づいてきたのは小林《こばやし》春馬《はるま》だ。

黒いシャツに焦茶色のパンツという姿の彼は、相変わらず芸術家みたいに繊細《せんさい》な雰囲気を醸《かも》し出《だ》している。彼はお決まりのメリークリスマスを告げると、わざとのようにカウンター内を覗き込んできた。ヴィクトールは絶対に彼を見ようとしなかった。春馬が笑った。

「密会か」

「違います！」

杏は即座に否定した。ヴィクトールは招待客への挨拶から逃げているだけだ。

「隠れて悪さもほどほどにね」

「本当に違いますよ。違いますってば」

「ところで君の彼氏に伝言をお願いしたい。年明けにアールデコあたりの時代のフェアをやるんだって？　それ、うちの工房も噛ませてくれませんかね」

「小林さんのところと？」

「うん。そっちは本物のアンティークを品出しして、こっちは手を出しやすい価格設定のレプリカで、大々的にアンティークフェアをやりましょうよ。いやあ、ちょうどいいことに、両親がアールデコ時代の家具のレプリカの在庫を抱《かか》えているんですよね。そちらでもオリジナルチェアを販売されていますが、これから製作に入ってもフェアには間に合わないでしょう？」

なるほど、つまりオリジナルチェアを販売している「柘倉《つくら》」にレプリカチェアを置かせてくれという提案か。

「フェア用のチラシはこっちで刷《す》るんで。宣伝はまかせてください。でもできれば年始開催より、二月のほうが売り上げが見込めると思うんですが。ほら、バレンタイン時期で財布の紐《ひも》もゆるむ頃ですよね」

へえ、いいんじゃないかと杏も賛成に傾いた。ヴィクトールも了承《りょうしょう》するんじゃないだろうか。

どうだろう。

「嫌だ、他の人類の手なんか取りたくない」と、屈《かが》み込《こ》んだままのヴィクトールがぼそっと拒絶したが、案外図太い神経をしている春馬は「そうですか、了承してくれますか、ありがとうございます」と笑顔で押し切った。ヴィクトールのあしらい方をもう把握している。

「じゃあ、両親にも伝えて、後ほど詳細《しょうさい》を詰めましょう。あ、それとヴィクトールさん。彼女は未成年なので、節度あるお付き合いを心掛けてくださいね」

春馬はそう念を押すと、笑みを絶やさずに去っていった。

なんなんだろうか、室井も春馬も……。クリスマスだからってちょっと浮かれすぎじゃないだろうか。

杏は照れ隠しに憤《いきどお》り、力任せに新たなシャンパンを開けた。

拒否を了承に変換されてショックを受けていたヴィクトールが、急に立ち上がった。

「おい、あの人類は君の保護者なのか？　君が未成年であることくらい俺だって考えているに決まっているだろ」

「えっ⁉　ヴィクトールさんて、そういう常識を一応気にする人だったんですか」

杏はグラスにシャンパンを注ぐ手を止め、本気で驚いた。なんていうか、そのあたりの価値観……恋愛観は常人と大きく異なっていそうだと思ったのだが。

「君が俺をどう考えているのか、よくわかった。憂鬱だ」

ヴィクトールは死んだ目をした。

(——というより、お付き合いを否定していないような？)

いや、でも、正式にお付き合いしようと約束を交わしたわけでもない。そんな重大イベントはこなしていないはずだ。だったら、どういうことだ。どう判断すべきか、わからない。

杏は思考を放棄《ほうき》してシャンパンをグラスに注ぐ職人と化した。

無視されたと勘違いしたヴィクトールが、たまりかねた様子で叫んだ。

「だいたいおかしいだろ、なんでこんなに人が集まってくるんだ？　顔見知り限定のミサじゃなかったのか？　どう考えても、まったく知らない人類まで来ているよな？　君も平然とグラスを渡すなよ！」

「それはたぶん、クリスマスの雰囲気につられてはしゃぎながら周辺を散策していた恋人たちや観光客の方々が、おや明かりがついていると気付いて何気なく店に立ち寄ったためかと思います」

おかげで想定していた以上に店内が賑《にぎ》わっている。以前にレクターンを購入してくれた店主やそこのスタッフの姿もある。彼女たちは店内の飾り付けに協力してくれただけじゃなく、大量のクッキーも持参してくれた。それはありがたくテーブルに置いた大皿に載せている。

店内に置かれている数脚の丸テーブルは、星川たちがいそいそと運び込んだものだ。材木店の水城《みずき》の厚意でツリーも豪華になった。店内はクリスマスムードたっぷりだ。

絵画教室の人々も立ち寄ってくれている。その輪にいる利発そうな顔立ちの少年と目が合い、杏は手を振った。少年も、はにかんで手を振り返してくれた。

「嬉しいな、吉田《よしだ》君も来てくれてる」

「誰だ、吉田って。前にも聞いた覚えがあるな」

ヴィクトールの視線をかわしつつ、杏は返却《へんきゃく》された使用済みのグラスを手早く洗った。

──集まった人々の中には、青いワンピースの女性や、眼鏡《めがね》の似合う男性とその奥様や、誰かさんの元奥様の姿もあったような気がした。今日は特別な日だ、誰が来たっていい。

「君が店の外を過剰《かじょう》に飾り付けたせいで目立ったんだよ」

どうしてくれると言わんばかりの険《けわ》しい顔を向けられる。

近所付き合いは大事だ。観光客にはさりげなく店のチラシも渡している。

ヴィクトールはぶつぶつと文句を垂れ流していたが、杏が頼む前にクーラーボックスから新しいシャンパンを何本か持ってきてくれた。……こういうところが色々な人にかまわれる原因だと思う。

「……で、年末、俺の倉庫にまた来てもらうかもしれないけど、大丈夫か」

ヴィクトールが横に並び、杏の代わりにシャンパンを開けて言った。

倉庫内で襲われたトラウマを懸念《けねん》しての発言だろう。

「大丈夫です。ヴィクトールさんも一緒なんでしょう?」

杏は無意味にシャンパンのコルクをカウンターに並べ、そう尋ねた。

「そりゃあ」

ヴィクトールはもごもごと答えた。

色々と聞きたいことはある。この間の——店に侵入していた不審者は逮捕《たいほ》後、どうなったのかとか、聖遺物《せいいぶつ》が狙《ねら》われているという問題は解決したのか、とか。

でも、もういいか、という気持ちが強かった。

だってクリスマスパーティーだ。終わった後には素敵な靴も待っているようだし。

カウンターに、また誰かが近づいてきた。

赤毛のミヒャエルおじさんことヘンリックだ。

彼の横には以前にヴィクトールの倉庫のそばで目撃した明るい栗色の髪の女性が立っている。

二人は杏が差し出したシャンパンのグラスを受け取ると、優しく微笑《ほほえ》みかけてくれた。

二人が去った後、杏は、苦々しい表情を湛《たた》えているヴィクトールに視線を向けた。

「ヘンリックさんは幽霊じゃなかったんですね」

ヴィクトールは以前、彼が来店した時に「見えない」と主張していた。それを杏は真に受け、幽霊かと誤解した。

「あの二人はどっちも身内なんだ。俺の母親と交流があるせいか、交互に現れては安否《あんぴ》を探りに来るんだよ。迷惑でしかない。……いや、君、なぜ小皿にまでシャンパンを注ぐ？　それは誰用だ？　まさか猫へ進呈《しんてい》するとか言わないよな？」

「ヴィクトールさんの自宅を訪れた時に、ご親戚の女性を見かけたんですよ。てっきり海外で作った恋人なのかなあって」

「はあ?」

ヴィクトールが、守り猫用に用意したシャンパンの小皿を睨むのをやめて、いぶかしげに杏を見た。

(ヴィクトールさんは、いつも恰好いい人だ)

見つめ返して、杏は感嘆《かんたん》した。こういう人と違和感なく並べるのは、自分のような未成年者ではない。そうわかっていても、好きだった。この恋はいつまで胸の中で踊り続けてくれるだろう。百年後には、踊り疲れているだろうか? アンティークみたいに残ればいいのに。

しばらく見つめ合った時、星川が店内の人々に配っていたクラッカーが一斉《いっせい》にパンと音を立てた。

杏はそちらに視線を投げた。店内に紙吹雪が舞う。パレードの夢を思い出した。その幻はすぐに脳裏から掻《か》き消えた。人々がメリークリスマスと笑い合っていた。彼らの掲《かか》げるグラスがツリーのライトを反射し、星屑《ほしくず》のように瞬《またた》いていた。

「恋人は、こっち」

ヴィクトールがふいに甘ったるい声で言い、軽く杏の頬を指の背で撫《な》でた。

杏は、なんだか心臓でも奪われた気持ちになった。

ヴィクトールがプレゼントしてくれたのは、アンクルベルトのついた革製の黒いショートブーツだった。ヒール部分のみが濃いピンク色をしていて、それなりに高さがある。でもヒールは太めで、安定感がありそうだ。

ただし普段履き用ではない。デート用に相応《ふさわ》しい。そんな気取った雰囲気が漂《ただよ》っている。

店内では制服のワンピースを着用していたが、私服はショート丈《たけ》のグレーのフレアスカートに黒ニット、厚地のタイツという恰好だ。この靴ともそこまで反発はしないだろう。

だが、いかにも学生仕様の白いダッフルコートとは、残念なくらい合わなかった。

（ま、まあでも車内ではコートは着ないし）

杏は、パーティー終了後、送ってくれるというヴィクトールの言葉に従い、彼の車の助手席に乗り込んだ。ダッフルコートは着ずに腕に抱えた。ダッフルコートと靴の深刻な不仲を気取《けど》られないようにしていたつもりだったが、ヴィクトールの目が笑っていた気がする。

頭の中で手持ちの服をすべて広げ、この靴と相性の良さそうな組み合わせを探して脳内ファッションショーを開催するうちに、自宅前に到着した。

正直な気持ちを明かせば、もう少し一緒にいてくれたっていいのにという物足りなさが杏の胸にあった。現在時刻は夜の七時前で、まだ、あとちょっとくらい遅くなっても問題はない。

だが今日は、たぶんきっと正式に恋人になれたことを噛みしめるだけで胸がいっぱい……いや待て、これは本当にお付き合い開始の日と受け止めていいのだろうか。杏は今更ながら、改めて混乱した。

（ええっ、嘘だ！　私、この人の恋人だったりする⁉　なにかの罠《わな》じゃなくて？）

信じられなさすぎて、杏は落ち着かなくなった。本当に今更《いまさら》だが。しかも車を降りようとするタイミングで。

杏は中途半端に助手席のドアを開けた状態で、運転席のヴィクトールを恐る恐る振り向いた。

彼が浮かべていた表情は、杏が想像していたものとはどれも違っていた。

微笑んでもいなければ照れてもいない。憂鬱そうでもない。なにか伝えたいことがあるのにそれを口にするのを迷っているような顔をしていた。杏はほのかに不安を抱いた。

仮にこちらが振り向かずに車を降りていたら、ヴィクトールはそのなにかを告げることなく去っていったのではないか。そしてこの直感は、おそらく的中していた。

「本当は、君の混乱がおさまるまで車を走らせてもいいかと思っていたんだが」

ヴィクトールがハンドルに腕を乗せて言った。

あ、こっちが混乱していることはわかっていたんだ。

「だが、今日はまっすぐ帰ったほうがいい」

「この靴、もしかしてオズ製ですか？」

杏は明るく振る舞い、冗談を口にした。踵《かかと》を鳴らす必要はない。家は目の前だ。

「そうだよ、迷わず家に帰るための靴だ」

ヴィクトールは冗談に真剣な表情を返し、運転席を降りた。ボンネット側を迂回《うかい》し、つられて助手席から降りようとした杏の手を取って地面に立たせてくれる。

近くの家屋《かおく》の庭に、クリスマス用のライトが取り付けられていた。それが目の端に映《うつ》った。

この時期は、一年の中で一番、町がドレスアップする。

周囲が意外にも静まり返っていたためか、ヴィクトールは声を潜めて言った。

「前に君は、俺を口説《くど》いたよな。俺が見えないものを見たいと思う時は、君が目隠しを外すと。そして君が見えないはずのものを見すぎてしまう時は、俺が目隠しをする」

今度は冗談を返せず、杏は戸惑った。ヴィクトールは真剣な話をしようとしている。

「だが、皮肉なことに、今は杏のほうが目隠しをしている。俺は、それはもう外したほうがいいと思った」

「……なんの話ですか？」

急に杏は、この場から立ち去りたくなった。浮かれた気分は跡形《あとかた》もなく消え失《う》せ、途轍《とてつ》もない不快感が喉元まで湧き上がってきていた。

握られたままの手を杏は引き抜こうとした。だが、ヴィクトールは手を離さなかった。

「なあ、俺が送迎をしても、家族は気にしないと言っていたよな。島野《しまの》雪路も、杏の家は放任主義らしいんで羨《うらや》ましいとこぼしていた。俺も君本人の口からそのくだりを聞いている。だが、こういう外見をした異性の俺が、何度も家に送ったり旅行にまで誘ったりしているんだぞ。普通は多少なりとも娘の交友関係を気にするものじゃないか」

確かに、以前に雪路やヴィクトールと、家族について会話をした記憶がある。

「父はまだ、ここじゃなくて前の家に住んでいますし、母とは今もあんまり会話がないし……」

祖母は心配性な面があるけれど、それでも杏の行動にうるさく口を出してくる性格ではない。

ヴィクトールは、それは知っているというように首を横に振った。

「以前に家庭崩壊の原因を作ったというメモを見せられた時、君の母親は、自分の娘に対して無関心な人類ではないと俺は感じたんだ。それに」

と、そこでヴィクトールは一度言葉を切り、自身を落ち着かせるかのように息を吐いた。

杏はまた逃げ出したい衝動《しょうどう》に駆られた。

しかしどうしても、ヴィクトールは手を離してくれなかった。

「それに――どうも君の家はあべこべだという違和感を抱《いだ》いた。君の語る家族像が。父親の部下が落としたというメモを理由に、両親は別居中なんだよな。でも離婚はしていない。君と母親だけが父親を置いて、祖母の暮らすこの街に引っ越してきた」

「それが、なんですか」

「離婚したならわかるが、どうして君は父親のもとに残らなかったんだろうか。高校生の君が環境を変えることは、それこそ世界がひっくり返るくらいの大事《おおごと》のはずだ」

「ヴィクトールさん、だって私、父は部下の女性と関係を持っていたかもしれないって、つい最近まで疑っていたんですよ」

父の不貞行為を許せず、母親の味方をするのはおかしくないはずだ。

「違う。以前の君の口ぶりだと、むしろ母親のほうに強く反発していた。逆に、父親に対しては悪感情は窺《うかが》えなかった。それどころか、父親は潔白じゃないかと信じていただろう？」

杏は押し黙った。

こういうところがヴィクトールの怖さだ。何気ないニュアンスから感じ取った矛盾《むじゅん》、隠された本心を、思いがけない時に、思いがけない形で突き付けてくる。

容赦《ようしゃ》なく暴《あば》いてくる人だとわかった上で好きになったが、それでも今は彼の口を塞《ふさ》いでしまいたかった。オズの靴なんて、本当はほしくない。

「――なあ杏、君は俺と本気で付き合いたい？」

いきなり話が斜《なな》め上に吹っ飛んだ。

「……とっ、突然の話題転換はやめてくれませんか！　心臓に悪い！」

非難しながらも杏は寒気を感じていた。

ヴィクトールの寄り道は、結局のところ正しい道でしかない。それも、杏は知っていた。

「君のご家族……、母親に、これから、挨拶《あいさつ》させてくれる？　なにしろ俺は君より年上で、こんな外見だ。未成年の君をいたずらに弄《もてあそ》んでいると警戒されたくない」

杏は血の気が引いた。試されている。――なにを？

「母は、仕事で、今、不在で」

「なんの仕事を？」

「それは」

「杏――ねえ、君の母親は、生きているのか？」

心臓に一撃を入れられた瞬間、杏は乱暴にヴィクトールの指を振り解《ほど》いていた。だがまたすぐに摑まれる。

「私のお母さんが、幽霊だとでもいう気ですか」

「違う」

ヴィクトールは冷たく感じるくらいの硬い声で否定した。

「幽霊じゃなくて、現実逃避の幻を見ている。俺にはそう思えた。かつて俺が、他人の顔の判別ができなくなったと自分自身を騙《だま》したように。だが君の場合は、本当はわかっているんじゃないか。君の母親は、この町に移住する前に事故で」

「ヴィクトールさん、手を離してください」

杏は強い口調で訴《うった》えた。敵意が心に芽生えたような感覚さえあった。

「自覚したくないせいで、君はずっとふらふらと曖昧《あいまい》なところにいる。幽霊の類《たぐ》いを多く見るようになったのは、それが原因じゃないか？」

ヴィクトールの指を振り解くのにもう一度成功する。また摑まれないよう、杏は胸の前で自分の手を握りしめ、全身に力を入れた。

ヴィクトールが深く呼吸する。自分以上に緊張しているのだと、この時杏は気付いた。

「種を明かせば、君の母親が死亡していることは、倉庫荒らしの件があった時に警察署で聞いた」

それを聞いて、なんだ、と杏は脱力した。

抜け目のない人だ。確認までされていたなら、もう降参するしかない。

だが体中を満たす寂しさは杏だけのものだった。誰とも分かち合いたくないものだった。

「母が、もういない人じゃないかって疑い始めたのは、いつ頃ですか？」

杏が冷静に問うと、「君を雇ってすぐに。君の年齢で、祖母に高額の椅子をプレゼントしようと考えるのは珍しい。なにかの負い目、罪悪感《ざいあくかん》のようなものがそうさせているのではと思った。それと、母親に対する強い憤りにも不自然さを感じた」とヴィクトールは答えた。

そんなに前から？　と反発したくなったが、こちらを見つめるヴィクトールが途方に暮れた顔をしていたので、杏はしばらくためらった末、自分からその手を取った。

余計な詮索をされて腹立たしい。その反面、自分の秘密が暴かれたことに安堵《あんど》してもいた。

（――そうです、合ってます）

母は、もうどこにもいない。そんなのとっくに知っている。葬式だってすませている。遺影を持って歩いたのは杏だ。頬を濡らした涙の冷たさを忘れない。でも、いきなりいなくなるなんて。これからいったい誰にお弁当の中身について文句をぶつけたり、おはようとおやすみなさいを言えばいいのか。もう二度と会えないと、そう信じたくないから、母が生きているふりをした。意固地になって演技し続けた。

これは意外と心が楽になったし、死んだ母に対しても、いい気味だと勝ち誇《ほこ》ることができた。死なせてなんてやるものかと。そういうふうに偽《いつわ》りの日々を送っていたら、ある時父が、環境を変えてみようと杏を励《はげ》ました。父もこちらの町へ移住したがっていたが、今の仕事をおいそれと辞められるわけもない。

父は、杏が正気を失ってはおらず、虚言《きょげん》を吐いているとどこかで気付いていたのかもしれない。杏が現実を受け入れられるようになるまで待とうと、祖母とともに決断したのではないか。

祖母は今、杏が自分を追い詰めないようにと、静かに見守り続けてくれている。

ヴィクトールの指摘通り、誕生日に揺り椅子をプレゼントしようと考えたのは、彼らを騙している後ろめたさが原因だ。それで期限を自分に課した。揺り椅子代が貯まったら、覚悟を決めて自分の口でちゃんと説明しよう。本当は母の死もわかっている、騙してごめんなさい。

――だが、その日が来るのが怖かった。永遠に来なければいいいと思った。

（オズの靴なんか、ほしくなかった）

家には戻れても、両親の揃《そろ》っている場所へは導いてくれないと杏はわかっている。完璧《かんぺき》なハッピーエンドはいつだって物語の中にしか存在しない。現実は意地悪だ。アクシデントに頬を殴られてばかりで、それでも、どうにか立ち直れたとしても、前を向けるようになったとしても、いつもどこかが欠けている。

だが、せっかくヴィクトールが贈ってくれた靴だから、脱ぎ捨てるのはやめよう。

「……家に帰ります」

「ああ」

ヴィクトールは、ほっとしたようにうなずいた。

杏は、ヴィクトールの視線を背中に貼り付けて、家の扉に近づいた。

時刻はまだ七時。就寝時間には早い。祖母は杏の帰りを待っているだろう。ただいまを言って、勇気を出し、どこか欠けているハッピーエンドに手を伸ばそう。そうすれば、祖母もやっと心から笑ってくれる。泣いて安心するかもしれない。

振り返りたくなるのを我慢して、杏は扉を開けた。

「ただいま」

6

　先日のクリスマスパーティーで小林《こばやし》春馬《はるま》が提案した通り、年明けの開催を予定していたアンティークフェアは二月中旬に変更となった。後ろ倒しになったならスケジュール的には楽になるだろう……と考えるのは大間違いで、こういう時は日数に余裕ができてもなぜかあれこれと雑事が増え、結局ばたばたするものだ。

　最初はまだ急がなくていいとのんびりかまえていたヴィクトールや職人たちも、三が日をすぎて、「今週中にはフライヤーの準備をしたいので素材の提供をお願いします」と春馬から何度も連絡が入ると、次第に焦《あせ》りを見せるようになった。日本人はいつから正月にも働くようになったのかと嘆《なげ》いたのは小椋《おぐら》だったと思う。室井《むろい》も同様の嘆きを口にしていた。

「春馬君の優しげな雰囲気に騙《だま》されちゃだめだ。あの人はすげえよ。毎日連絡をくれんの。オーナーのヴィクトールだけじゃなくて俺たち職人全員にだぞ。どうです、お店のほうの準備は進んでますか、って。にこやかなのが逆に怖《こえ》えんだよ」とは、五日の昼からフェア用の展示品を選《よ》り抜《ぬ》くための助っ人としてヴィクトールの倉庫に呼び出された雪路《ゆきじ》の談で、運搬《うんぱん》用の段ボールを運び込んでいたヴィクトールも、杏《あん》たちの横を通り様に「人類の中で小林春馬が今一番憎《にく》い」とつぶやいた。

ちなみに「TSUKURA」では、積荷時の衝撃を緩和《かんわ》させるため、段ボールの天地部分に薄型のベニヤ板を貼り付けている。このベニア板はいわゆる不要となった板くずの類《たぐ》いを利用しているので、サイズもてんでばらばらだ。

雪路とともに倉庫に詰めている杏の仕事は、主《おも》にこのベニヤ板の貼り付け作業と梱包《こんぽう》、目録作りだ。まずヴィクトールと雪路がフェア用に選び抜いたアンティーク品をリストに書き記す。リペア済みの商品は、撮影後に「TSUKURA」行きの印とナンバーをわかりやすく段ボールにつけておいて梱包する。修理前のものも写真を撮《と》り、そちらは工房行きのマークとナンバーをつける。写真画像は後ほどまとめてプリントし、各段ボールに貼り付けるつもりだ。こうしておくと店や工房に運び込んだ時に判別しやすい。

素材用の撮影は雪路が担当する。店への運搬後に行うと聞いているが、ここで杏が適当に撮影した画像も、もしかしたらチラシやパンフレットの一部に使えるかもしれないので、念のため春馬に送っておく。数分後に返信があった。有能だ。

「二月中旬開催にずらしてよかったね。もともとの予定で進めていたらこれ、間に合わなかったんじゃない?」

杏はスマホを確認して言った。

商品の保護目的で床に敷いている毛布の木屑《きくず》を払っていた雪路が、ちらりと杏を見る。が、返事はなし。

本日は七日。ヴィクトールの倉庫内は現在、台風でも通過したかというほど雑然としている。ここにはチェア以外のアンティーク品も多く保管されているし、おまけに「TSUKURA」から一時的に運び込んだ品もあるので、なおさらごちゃごちゃしていた。

この三日間、無心になって作業に励《はげ》んでいるが、やっと半分ほどの梱包を終えたばかりだ。リスト化した後にベニヤ板を貼り、緩衝材《かんしょうざい》で包んで段ボールに入れる、という単純作業なのに、これが予想していた以上に重労働で時間がかかる。

工房のほうに詰めている小椋と室井は、先に運搬した品の修理を始めているという。……果たして本当にフェアまでに間に合うのだろうか。

「来週半《なか》ばには、小林さんのところからレプリカ製品の第一弾がお店に到着するって。……店内の清掃《せいそう》もまだ残っているし、模様替えだって終わってない。荷物が到着するまでにすませておかないと」

どちらの作業も一日では終わりそうにない。

杏はスマホを近くの作業台に置くと、いつの間にか木屑でデコレーションされていたパーカーを脱いだ。中には長袖《ながそで》のトップスを着ている。身軽になった後、軍手をはめる。倉庫の外では粉雪が舞っているが、快適温度を保っているような場所でしばらく作業を続ければ汗が滲《にじ》んでくる。もう裏起毛のパーカーなんか着ていられない。

雪路などは倉庫に来て早々、半袖姿になっている。ヴィクトールは杏と同じく長袖一枚だ。

「あー、壁紙まで変えるんだって？　そこまでこだわんなくてもいいんじゃねえの。杏一人ではちょっと難しくないか？　手伝ってやりたいけど、こっち終わったら俺は工房のヘルプに入るし」

特徴的な脚の形の豪華なチェアをこちらに持ってきて、毛布の上にそっと置いたあと、雪路がなんともいえない表情を杏に向けた。

「大丈夫。壁紙はまーちゃん先生の親戚《しんせき》がリフォーム会社に勤めているらしくて、格安で請《う》け負《お》ってくれるんだ。できるところは自分でやれば、その分さらに金額を引いてくれるみたい。星川《ほしかわ》さんも手伝いに来てくれるしね」

「仁《じん》さん、こき使われてんじゃん」

雪路は腰に手を当てて少し笑った。それから真顔になって、

「ヴィクトールの許可は？」

「十万以下ですむならいいよって」

「ふうん？　つか誰だよ、まーちゃん先生って。……いや待て、許可って言ってもさあ、それ、店の規模を見ても十万以下にはなんないだろと確信していたからなんじゃねえの？」

「まーちゃん先生は、この間知り合った猫好きの男性だよ。たまに私、人生相談されるんだよ

ね。猫缶をプレゼントした効果なのかな。……でもヴィクトールさん、本当に壁紙を変更するならミュシャのリトグラフを何枚か壁に飾ってあげるって言ってくれたよ。まあ、私は吉田君《よしだ》の絵を借りようと思っていたんだけど」

元旦《がんたん》に初詣《はつもうで》に行った時、神社の混雑ぶりに気絶しそうなほど青ざめながらもヴィクトールがそう言ってくれた。参拝後に飲んだ甘酒は美味《おい》しかった。ヴィクトールは神社の敷地前に並んでいた露店で干支《えと》の形のベビーカステラを買ってくれた。

「ああ、ミュシャってアールヌーヴォーの時代の画家だったか。あのポスターの絵、女子がなんかすげえ好きそう。……なあ、さっきから俺の知らねえ名前が出てくんだけど、今度は誰だ」

吉田君は将来ピカソレベルになる少年画家です、と杏は答えた。

ミュシャに関しては美術に疎《うと》い杏でも知っている。中学生の時にポストカードを購入した覚えがある。今し方雪路が言ったように、女性が好みそうな雰囲気の絵画だ。たっぷりとした髪の肉感的な美しい女性、それと圧倒的な草花の図。ミュシャといったらこれじゃないだろうか。

「おーい、ヴィクトール、この椅子って修理済みだよな！　すぐに梱包していいのか？」

倉庫の外――そこに停めてある小型トラックの元にいるだろうヴィクトールに向かって、雪路が声を張り上げた。

「っていうか雪路君、この椅子もアールヌーヴォーとかアールデコの時代の作品なの？」

毛布の上に置かれているくだんのアンティークチェアを、杏はスマホで撮影し、尋ねた。

思いの外《ほか》派手な装飾が見られるチェアだ。背もたれ部分に絵画のような植物のデザインがある。これは百合の花だろうか。模様を立体的に彫り込んでいるのではなく、まるでパズルのピースみたいに色の違う木片をはめ込んで一枚の絵が完成するような工夫をこらしている。

「脚の装飾部分って、ええと、バルボスレッグ？　という形に少し似てない？」

杏は身を屈《かが》め、チェアの下部に注目した。直線的な四本の脚、それと背板を固定する左右の背柱《はいちゅう》に独特な装飾が見受けられる。

「ツイストドーナツ……違った、ツイストレッグの親戚みたいなメロンパン模様というか。形的にはパイナップルっていうか。でも違うか」

「腹が減ってくる喩《たと》えはやめろ」と、真剣に言う雪路に笑いかけながら、杏は心の中で、「ツイストレッグやバルボスレッグというよりは、丸や長方形とかの、複数の種類のビーズパーツを縦に連《つら》ねているような感じかな」と考えをあらためた。

そのデザインのせいで脚や背柱は流線的とは言いがたく、どこかしら硬質な印象を与えてくる。ただし、座りやすいように、座面部分には多少のカーブが見られる。

「確かアールヌーヴォーは全力で芸術推し、なおかつ装飾が派手、次に来るアールデコのほうは芸術性を残しつつも無駄なくスマートにいこうっていう特徴《とくちょう》を持っているんじゃなかったっけ」

杏が椅子の下部から視線を上げて問うと、雪路は無言で拍手した。いい気分になった。

「それにアールヌーヴォーって、とくに曲線的な感じを重視しているんじゃなかった？」

杏は背を伸ばすと、ゆるんでいたシュシュをいったん外した。

いかにも年代物という重厚な雰囲気を漂《ただよ》わせる飴《あめ》色のチェアは、その意味ではなるほどアールヌーヴォーだと言えるのかもしれないが……。

「なんかそれよりもっと派手さが極まっている気がする。ゴージャスすぎない？　区分的にはゴシック、ロココ！　という感じなんだよね。ゴンって硬い音がしそうなイメージというか」

杏が髪を結び直す様子を眺めながら、雪路は軽く腕を組んだ。

「言いたいことはわかるけど、あんまゴシックとロココの区別ついてねえだろ」

雪路は時々細かい。

「もうさあ、ゴシック、ロココ、バロック、ルネサンスをひとくくりにして、ゴージャス様式という言葉で表現すべきじゃない？　そのほうがわかりやすい。どうせその時代の人たちって皆、フリフリのドレスとか着て、くるくるの巻き毛にしてるんでしょ」

杏はもう面倒になり、乱暴にそうまとめた。

「くそ、だめだろって反論してえのに共感しかねえわ」

雪路が指先で眉間《みけん》を揉《も》む。杏は、「でしょ」と得意になった。

「その時代のやつらって、なんであんな、爆発後かよっていうほど髪をくるくるにしてたんだろうな。邪魔じゃね？　それにさ、黒とか金とかよりもホワイト巻き毛率が高いってイメージだわ。頭に綿毛くっつけてんのかっての」

杏たちは同時に視線を上に向け、ある光景をもわもわと思い描いた。自分たちが通う校舎の音楽室の壁には、歴史的に有名な音楽家の絵画がずらっと並んでいる。その、音楽家たちの姿……正確には頭の形状を思い起こす。確かにあの時代の有名な音楽家って、ホワイト巻き毛率が妙に高い。

「ひょっとして雪景色に溶け込みたかったとか？」

「なんでだよ。騙し絵の住人か。夏はどうすんだ」

そこに、先ほどの雪路の呼びかけが聞こえたらしいヴィクトールが現れ、呆《あき》れを含んだ表情を浮かべてこちらに歩み寄ってきた。

「頭の痛くなるような会話をするなよ、現役高校生たち。そもそも杏、聞こえていたぞ。時代の流れがめちゃくちゃじゃないか。ゴシック、ルネサンス、バロック、ロココの順だろうが」

じろっと見られた。ヴィクトールも細かい。多少順序が狂ってもいいじゃないか。

無言で抗議の視線を送るも、ヴィクトールはどこ吹く風といった調子だ。今度は雪路に顔を向ける。

「それはエミール・ガレ作のチェアだよ。植物や虫、魚などを取り込んだデザインに傾倒する直前の作品で、確かにまだ少しロココ調前後の影響があるね。アールデコ時代に用いられたような、モード的な洗練された直線とはまた違う」

先ほど雪路に、吉田君とは誰だと聞かれたが、杏こそ今聞きたい。エミール・ガレって誰。

ヴィクトールの視線が、神妙に黙り込む杏のほうに流れる。どうやらこちらがまったく理解していないことに気付いたらしい。

「アールヌーヴォーを代表する芸術家の一人がガレだ。家具よりもむしろガラス工芸のほうが有名かもしれない」

へえ、と杏は感心したふりをしたが、正直な話、どっちが有名だろうとどうでもいい。

「十九世紀後半はジャポニズムの影響力が高まった時代でもある。ガレはとりわけ浮世絵、北《ほく》斎《さい》の画を好んだと言われているかな」

あっ、椅子談義ならぬ浮世絵談義が始まってしまった。

ヴィクトールは袖をまくると、チェアの背もたれに手を乗せた。髪の毛が少ししっとりして見えるのは、粉雪の舞う外にいたためだろう。

「北斎といえば富嶽《ふがく》三十六景。大胆《だいたん》な波のうねりの絵が有名だ。この『うねり』という表現が、アールヌーヴォーの特徴とも一致《いっち》する」

「あ?　もしかしてこれ、ガレが作った本物のアンティークなのか?　リプロダクトとか?」

雪路が怪しむように聞く。アンティーク品として展示し、売り出すものなので、リプロダクトの類いではないとわかっているはずだ。でもあえて口を挟《はさ》んだということは……ヴィクトールの浮世絵談義が長引くことを警戒したに違いない。

（いや待てよ、リプロダクト品がアンティーク化した可能性もあるのかな？）

考え込む杏を無視して二人の会話は続く。

「本物のガレ作品だとも。同型のチェアが奥にもう一脚あっただろ。サイドテーブルも揃《そろ》っている。それもセットで店に出すよ」

「うへえ、かなりの値段がつきそう」

雪路がじろじろと椅子を見る。

「まあ、一脚五十万くらいは」

その返答に、おお、と杏と雪路は同時に感嘆《かんたん》の声を上げた。

同一デザインのチェアが二脚、それとサイドテーブルが一脚。テーブルも同じくらいの価格だと仮定して、この三点だけでおよそ百五十万だ。

（高額だけど、売れる時は売れるんだよねえ）

杏は内心、嘆息する。アンティーク品は本当に客層が幅広《はばひろ》い。

「さすがは『ヴィクトールフェア』じゃん。惜《お》しみなく放出するのかよ」

雪路がからかうように言った。ヴィクトールは鼻白《はなじろ》むだけで答えない。

杏はほのかに意味深な空気を感じ取って戸惑《とまど》った。『ヴィクトールフェア』だとは以前にも耳にしたが、雪路の今のニュアンスには、「彼の倉庫に眠るアンティークを売りに出す」いう以上の意味があるように思える。とはいえ深刻な雰囲気でもないので、そう大した理由ではないようだが。

「エミール・ガレの作品なら、ここにはないけど家具以外も所有している。花瓶《かびん》と、磁器が一点だったかな。この時代のフェアと銘《めい》を打つなら、家具に限定せずそれも出すか」

雪路の揶揄《やゆ》に触発されたわけでもないだろうが、ヴィクトールがさほど悩む様子もなくそう決めた。

なんでそんなに椅子以外のアンティーク品も所持しているんだろう、と謎《なぞ》に感じたが、そうだった、この人の父親はアンティークディーラーだった。

「確か、お父さんが以前にアンティーク品をたくさん日本に運び込んだんでしたっけ」

そのあたりの話なら、十二月に聞いている。

ヴィクトールはこちらを静かに見つめると、完璧《かんぺき》な微笑を見せた。なんだか奇妙な間があったな、と思ったが、気のせいかもしれない。

「さ、そろそろ作業に戻れ。一時間くらいしたら、休憩《きゅうけい》がてら外に食事にでも行くか」

そう提案すると彼は梱包済みの段ボールを抱《かか》え上《あ》げて台車に載せ、ゆっくりと押して外へ向かった。

ヴィクトールの姿が見えなくなっても、雪路はすぐには作業に戻らず、ガレのチェアの横に胡座《あぐら》をかいた。床は木屑まみれだったが、すでに体のあちこちに付着しているので今更だろう。杏もつられて正面に座り込んだ。会話をしたいというシグナルを雪路から感じ取った。

「んで杏。ヴィクトールと付き合うの？」

いきなり心臓に一撃をぶち込まれて、杏は仰《の》け反《ぞ》った。慌てて体勢を戻す。

「あ、いえ、そうでは……そうかも、そうなんだと、たぶん？」

しどろもどろにならざるを得ない。

「え、どういう反応だ、それ」

「いえ、少々込み入った事情があって」

雪路は、なに言ってんだこいつ、という疑わしげな顔を見せたが、思い直したように困惑を覗かせた。

「あー…、もしかして、倉庫に押し入った、っつう強盗の件と関係ある？　それで家族に付き合いを反対されているとか？」

「違う違う、そっちは大丈夫！」

「そうなん？　……なんか大変だったたんだろ」

言葉少なに気遣《きづか》う雪路に、杏は笑みを向けた。

「うん、本当に大丈夫だよ。私はトラブル耐性あるし」

「そんな耐性を誇《ほこ》んな」

「雪路君も同じくらい耐性あると思うけど。……数々のホラー現象を攻略してきた仲間だよね」

「そんな話はしてねえんだよ！　思い出しちゃうだろ！　……とにかく、マジでそっちは問題ないんだな？　じゃあなに？　ヴィクトールの変人っぷりがやばすぎて障害になっているとか」

　杏はそれも笑って否定した。

（問題は、別のところなんだよなあ）

　クリスマスパーティー後の出来事が杏の脳裏をよぎる。

　ヴィクトールはあの夜に話した「杏の秘密」に繋《つな》げるためだけに、恋人云々《うんぬん》などと甘い言葉を口にしていたのではないか――そういう疑惑がどうしても拭《ぬぐ》い切《き》れずにいる。なにしろ彼には前科がある。そう、前科！　これまでに、誘うような微笑を浮かべて他人から情報を聞き出すヴィクトールの姿を、杏は何度もこの目で見ている。自分もそのターゲットにされただけではないだろうか。

「あー、もう、趣味悪いなあ！」

　心の底から嘆いているような雪路の声に、杏は我に返った。

「ほんっとむかつくわ。あいつ、かなり前から杏を気に入っていたよな？」

「えっ!?　いつから!?」

「食い付いてくるじゃん……、いつ頃だったかは忘れた。ん……待てよ、俺がちょっと杏と仲良くなった頃か？　あからさまに職場恋愛禁止とか言って牽制《けんせい》してきた時があっただろ。すっげえあれ、むかついてたんだけど」

「え、ええっ」

杏は目を回しそうになった。確かにそんな話をされた記憶がある。が、本当にかなり前の話ではないだろうか。というよりそれは、職場での面倒事を避けるための発言にしか思えない。どうなんだろう。混乱してきた。

倉庫の外で、トラックが動く音が聞こえる。ヴィクトールが荷台に積んだ段ボールをいったん店へ運びに行ったようだ。すぐにこちらへ戻ってくるつもりだろう。

「杏って、隣町の大学を目指してんだろ」

雪路は座り直すと、冷静な目をした。

「えっ、ええ、うん」

「ならそこまで遠距離恋愛にはならねえってとこも、ヴィクトールは絶対に計算してる。俺、その時点でだめだもんな。九州の大学志望だし。家具の製作に必要な専門的な知識や基礎をしっかり身に付けたいんだよね」

そう打ち明けられたあとで、遠回しに告白されたことに気付き、杏は黙り込んだ。これはどう返答すべきだろう。謝罪はなんだか違うだろうし、なにも気付いていないふりをするのも卑《ひ》怯《きょう》だ。

「いや、硬くなんないで。そこまで思い詰めてないよ」

沈黙が苦痛に変わる前に雪路にさらっと気遣われる。その言葉に感情の乱れや湿っぽさは感じられない。それはそれでどういうことなのかと杏は戸惑った。

「だって、少しいいなって思う程度じゃ、遠距離恋愛なんて俺は無理だしなあ」

「……そう」

身も蓋《ふた》もない話だが、納得はできる。

「自分のやりたいことを優先するの、わかり切ってるもん。卒業とともに別れんのは目に見えてんのに、それでも告白したいとは思えねえ。あー、誰が相手でも、って意味で」

雪路は、からっとした口調で理由を告げると、毛布の上に鎮座《ちんざ》しているチェアを視線で撫《な》でた。その後、杏に視線を戻す。

「やりたいことがたくさんあるんだ。時々、夜中に突然目が覚めて、呑気《のんき》に寝てられないよなって、がばっと身を起こすくらい」

将来を見据《みす》える目だと杏は思った。雪路のこういう真っ直《ます》ぐに未来を見つめる目に憧《あこが》れたことがある。周囲の雑音をものともせず、手堅《てがた》くこつこつと夢へ突き進む姿。彼は恰好いい男の子だった。

「だから聞くんだけど、実際、大人と付き合うのってすげえ大変だと思うわ。いいのかよ」

たぶん雪路は、高校生の恋愛とは温度も重みもまったく違うと警告したいのだろう。

遊び感覚で軽く付き合ったり、友情の延長気分でいたりとか、そういういかにも高校生らしい無責任な考えを通すことはきっと難しい。いずれ杏のほうが負担を感じる場面が増えていくのではと心配している。杏もそこら辺は少しだけ、いやかなり気がかりなところではある。永遠に埋められない互いの年齢差には、この先何度も苦しめられるに違いない。

「……相手は、ヴィクトールさんだからなあ」

杏は少し笑った。この人に『普通』を当てはめるのもどうなのか、と思ってしまう自分もいる。やっぱりまだ自分は考えが浅いのだろう。雪路が懸念《けねん》する未来を正確には想像し切れていない。だから無防備に、勢いだけで恋に飛び込める。相手が両腕を広げていてくれるのなら。

「ま、卒業まであと一年あるし。気持ちも変わってくるかもな」

これ以上色々言っても無意味と判断したのか、雪路が場の空気を変えるようにやわらかい声で言った。

「うん」

杏は素直にうなずいた。

「俺だって一ヵ月後には恋愛至上主義に変わってるかもしれない」

「そんなに自分を追い詰めなくても……」

「うるせえ。見てろよ、俺の可能性を」

ありえないだろうけれど、皆無ではないか。

そうだ、まだ一年もある。自分たちはとても未熟で、大人からすると万事頼りなくふらふらしているように映《うつ》るだろう。ヴィクトールのことも、もしかしたら一年後には好きじゃなくなっている可能性だってある。ないとは言えない。言えるほど杏は強くない。身も心も成長途中で、目移りも激しくて、でもすぐに飽《あ》きてしまう。集中力なんか一時間も保てば喝采《かっさい》もの。基本的にはなにもかもが面倒臭《くさ》い。作業に戻れと注意されていようが、こうして座り込み、おしゃべりするくらいだらしがない。でもその不真面目《ふまじめ》さを他人に咎《とが》められてもきっと全然反省なんかできない。それが今の自分だった。

けれども密《ひそ》かに思うのだ、これが通り雨のような恋じゃありませんようにと。いつまでも溺《おぼ》れて窒息《ちっそく》するくらい好きでいたい。恥ずかしくなるほど真剣にそう願っている。

「つーか、最近ヴィクトールとよく目が合うようになったんだよな」

ふと思い出したように言われて、杏は話の続きを視線で促《うなが》した。まさか恋愛的な意味ではないだろう。そんな冗談を言える雰囲気でもない。

「今まではちょっとだけ——こっちを見てはいるんだろうけど、なんか微妙にズレてんなともやつく感じがあったんだ。目が見えてないわけじゃないのにな。ヴィクトールも、それを俺に気付かれんのが嫌で、だから顔を背《そむ》けてこっちを呼ぶようにしてたっぽい。あと、あの性格で有耶無耶《うやむや》にしていた気がする」

あっと声を上げそうになり、杏は焦った。

そりゃあ、こちらよりも雪路のほうがよほどヴィクトールとは付き合いが長いのだ。頻繁《ひんぱん》に顔を合わせて会話をしていれば、なにかのタイミングで違和感に気付くこともあるだろう。恋心という、ある意味余計なフィルターも彼にはない。

（この話については、ヴィクトールさんのプライバシーに関わる。後天的な失顔症が原因だなんて勝手に話すことはできない）

しかし意外と勘のいい雪路の追及《ついきゅう》をどうごまかせばいいのか。

「ヴィクトールって、相手の顔じゃなくてさあ、声とかでそいつが誰なのか判断してる節があんじゃん？」

鋭い。杏は愛想笑いを浮かべ、シュシュで結び直したばかりの髪を意味なく何度も耳にかける仕草を取った。我ながら動揺しすぎだ。

「まああいつ、ぶっ飛んでるもんな。常識が通用しねえ時あるし。でもヴィクトールは、自分の行動にもいちいち理由を見出《みいだ》そうとするタイプっていうかさあ」

「いやあ……」

ごまかし切れるだろうか。自分の演技力のなさが憎い。

「杏ってその理由、知ってんの？　俺は、もしかしたらあいつも昔から幽霊が見えていたんじゃねって思っているんだ。で、それを見たくないから目を合わせないようにしてきた」

「えっ……。幽霊を？」

この流れで幽霊の話に繋がるとは思いもしなかったので、杏は驚いた。

「そ。幽霊を見ないように、って意識が強く出過ぎたせいで、次第に人間までも見えにくくなってきた……って感じでさ。あ、人間と幽霊の区別がつかなかったっていう可能性もあるか」

「すごく嫌な可能性じゃない？」

杏は暗い気持ちになった。これは自分にも突き刺さる。

「ヴィクトールが見るのは、いわゆる悪霊っつうか、ランダムじゃなくて害をもたらすやつに限定されていたんじゃないかな。もともと賢くて警戒心が強いタイプだろ。たぶん子どもの頃から悪い人といい人の見分けがついていた。誰が悪いやつか、ぱっとわかる。それは、人間だけじゃなく幽霊に対しても同じだったんじゃないかって。これは武史《たけし》君の推測な」

その発言を突き詰めると、室井もヴィクトールと視線が合わない理由に薄々勘付いていたのではと思える。そんな疑惑を抱《いだ》いて雪路を見つめたら、彼はどうもこちらの視線を違う意味に受け止めたらしかった。

「いやいい、言うな。その表情は正解を知ってんな？　んでやっぱ恐怖増量しまくったような、ただごとじゃねえ内容なんだろ？　いい、マジで言うな」

雪路は顔を青くすると、片手をひらひらさせて杏を止めた。勘違いに助けられたというか。

「見たくないことは無視するに限るし、聞かねえほうがいいことは耳を塞《ふさ》いどく」

言い切る態度は凛々《りり》しいが、その内容は男らしいのかそうじゃないのかわからない。

「雪路君も、あの子をそうした？」

杏は流れでつい尋ねてしまった。なにしろ、未熟な年齢なので我慢ができない。

「あの子？」

雪路が驚いたように杏を見つめる。

自分の不躾《ぶしつけ》な発言をすぐさま後悔したが、あとの祭りだ。

沈黙が流れる。重苦しいような、緊張感で張り詰めているような。倉庫内は、時々なにかの機械音が響く程度で、自分たちが黙り込むと耳鳴りがしそうなくらい静かだった。

みじろぎすらしない雪路を前にして、杏は後ろめたさを覚えながらも話を続けた。

「皆で隣町の文化センターへ廃品の査定《さてい》に行った時、小学生の頃から女の子の幽霊に付き纏《つきまと》われていたっていう話を聞かせてくれたよね？」

「ああ、それがなに？」

「雪路君は、その子の身元はわからないとも言っていた。彼女はいつも髪が乱れていたって。でも髪の隙間から目だけは見えていた。私にそう話してくれた」

「そうだっけ？　細かいところなんてもう覚えてないぞ」

とぼけながらも雪路は警戒するように顎《あご》を引いた。

彼がこの話を嫌がっていることは察しがついたが、杏はあえて気付かないふりをした。それが好奇心に負けてのことなのか、そうじゃないのか、自分でも判断がつかなかった。

「その子は、雪路君が自分以外の友達を作るのを本気で嫌がっていた。雪路君の部屋に遊びに来た真山《まやま》君にも嫉妬《しっと》して、睨《にら》んだりしてきたんだよね」

「まあ、うん」

杏が引き下がらないとわかってか、雪路は渋々という様子で端的に肯定《こうてい》する。不用意に口を滑《すべ》らせて揚げ足《あげあし》を取られるのは嫌だと考えているのが丸わかりの表情だ。悪いが、この会話では取らない。取るのは、あの時の会話から。無意識に口にしていただろう説明からだ。

「でも雪路君はあの時、こうも言っていたよ。自分は生きているから成長するけど、死者のその子は変化しない。年数が経《た》つごとに差が開く。そのうち、だんだんと彼女の顔も険《けわ》しくなっていったって」

「あのさ、それがなんだって——」

と、苛《いら》ついたように尋ねる途中で雪路は口をつぐんだ。

指摘されずとも自身の説明の中にある矛盾《むじゅん》に気付いたらしい。

目の部分しか見えていなかったのに、なぜだんだんと彼女の顔が険しくなっていったとわかるのか。

杏は、雪路が言い逃《のが》れをする前に次の言葉を言い放った。

「雪路君は、本当は女の子の顔が見えていた。彼女が誰なのか、わかっていたんじゃないかな」

「——いや、顔が見えていたからなんだっていうんだ。幽霊の身元なんかいちいち調べたりしねえよ」

杏は首を横に振った。知らず膝の上で両手を硬く握っていた。

「その話をしてくれるずっと前に、雪路君と私はこんな会話もした。同年代の女の子と並んで歩くのは、小学生以来だって」

雪路の瞼《まぶた》がぴくりと痙攣《けいれん》した。彼は落ち着きなく座り直した。

「当時、仲良くしていた女の子がいる。その年代の子たちって、異性と一緒にいると途端に冷やかしてくる。自分は揶揄《からか》われたり噂《うわさ》されたりすることに慣れているけれど、彼女までそうされるのは可哀想《かわいそう》だって。それでもう一緒に下校するのはやめようと彼女に持ちかけたんだよね」

「……よく覚えてんなあ」

皮肉げに雪路が言った。

関心があったからだ。雪路に少し惹《ひ》かれていたからだ。それを、杏は心の中だけで言った。

「その後、彼女はすぐに引っ越した。……ねえ、幽霊の女の子が雪路君の前に現れるようになったのは、その子が引っ越したあとなんじゃない？」

――そもそも本当にその子は、転居をしたのか。

杏には、とてもそうは思えなかった。

雪路は杏の話を否定しない。だったら、それが答えだ。

身元不明だったのではない。言えなかっただけだ。

かつての友達が、自分を呪《のろ》うかのように付き纏っているだなんて。そんな救えない話をどうして軽々しく口にできるだろう。

杏とそれなりに親しくなろうと、彼女の正体までは明かせなかった。見えないふり、知らないふりをするしかなかった。

そこに、雪路の本心が隠れている。

雪路は純粋《じゅんすい》な親切心から彼女を突き放した。が、彼女のほうはそれを拒絶の意味で受け止めたのではないか。嫌われた、嫌がられた、とショックを受けてしまった。

その後にどんな不幸が彼女を襲ったのかまでは、杏には知りようがない。とにかくなんらかの理由で彼女は亡くなり、霊と成り果てて雪路に付き纏うようになった。そういう流れではないだろうか。

(でも、ちょっと気になる部分がある)

幽霊の女の子が、最後に現れた時に着用していたのは、ゴスロリ服だという。それで思い出すのは、あの女王たち。杏とも女王同盟で結ばれた、三日月館《みかづきかん》の幽霊少女たちだ。

双子のような彼女たちもまたゴスロリ服を着ていた。この符合はなんだろう。それぞれの死亡年数と比較すれば、雪路に付き纏っていた女の子と女王の二人は、まるで接点のない赤の他人同士だとわかる。だが、このタイミングでのゴスロリ服の一致を、単なる偶然だと片付けられるものなのか。どうも納得できない。ならいったい、彼女たちは、どこで、どういう理由で繋がったのか。いや、三日月館に滞在していた時、そういえば他の幽霊も——。

「……うっわ、俺はぜってえ杏とヴィクトールが付き合うの認めねえわ!!」

急な叫び声に、杏は目を瞬《しばた》かせた。

雪路が悔《くや》しげな顔をして杏を見ていた。

「つか邪魔するわ！　ヴィクトールが増えんのマジ無理!!」

「ヴィクトールさんは増殖《ぞうしょく》しない生き物です」

「増えてんだろ!!」

失礼にも杏を指差すと、彼は軟体動物に成り果ててそのまま勢いよく仰向《あおむ》けに倒れた。

(私までヴィクトールさん扱《あつか》いされてしまった)

恋する相手と似ていると言われたも同然なのだが、少しも嬉しくない。

「杏がそんなんだからヴィクトールが調子付く！　あいつマジでこの頃、開放的になっただろ」

「え、どこが？」

あんなに偏屈《へんくつ》で人類嫌いな人のどこに開放的なところを見出したのか。

「前までだったら、『ヴィクトールフェア』をやろうぜ、って言い方をしたらめちゃくちゃ嫌がって拒絶しまくったもん。なのに今回は、するっと、やろうかってさあ！」

「もしかして、その『ヴィクトールフェア』って、この倉庫にある在庫を一挙に放出、っていう以外にもなにか意味があったりする？」

心に引っかかっていた小骨の正体を尋ねたら、雪路は一度、怠惰《たいだ》な猫のように上体をゆるく起こした。

「あ？　だってアールヌーヴォーとアールデコ限定のフェアじゃん」

「……私にわかりやすくお願いします」

下手《したて》に出て頼み込むと、雪路は目を弓形にして、ほーん、という勝ち誇った顔を見せた。

なんだ、やっぱまだこいつヴィクトールレベルじゃねえわ、と考えているのがあからさまに伝わる憎らしい表情でもあった。同年代の男子って、時々すごくむかつく。

「アールヌーヴォー建築で有名になったおっさん、いるじゃん？」

「あいにくとそんなおっさん、知りません」

そんな、気安い友人のおっさん、みたいな口調で言われても。

「いるんだよ。で、そのおっさんの名前が、ヴィクトール・オルタっていうんだよ」

「あー、それで！　その、アールヌーヴォー時代のヴィクトールさんと引っ掛けたわけね」

杏に対する、クイーン・アン呼びと似たようなものか。

(もしかしたらヴィクトールさんも私の呼び方を連想したのかな)

頬の火照《ほて》りを感じて片手で押さえたら、なにか察した雪路が舌打ちしそうな顔を作り、ばたっと再び仰向けに倒れた。杏もなんだか寝転びたくなったので、そうした。

しばらくして、トラックの走行音が倉庫に近づいてきた。扉の開閉音。杏たちは動かなかった。

やがて、戻ってきたヴィクトールが戸から顔を出し、日差しに溶けた猫のように伸びている杏たちを見下ろして目を丸くした。「こら、さぼるな！」と声を張り上げ、注意してくる。

やっぱりちっとも反省などできなかった。


次の日は、杏は倉庫ではなく店での模様替えと清掃に勤《いそ》しむことになった。

昨夜のうちに、明日の午後なら空《あ》いていると星川が連絡をくれている。幸運なことに、まーちゃん先生も時間を作ってくれるという。

そのため、今日の杏は、倉庫で作業を続けるヴィクトールたちとは別行動だ。

室井の奥さんの香代《かよ》から教わった特製アップルパイを手に、杏は意気揚々《ようよう》と店にやってきた。

時刻は午前八時二十七分。……張り切りすぎたか。まあいい。

星川たちに差し出す予定の特製アップルパイを冷蔵庫に押し込んだのち、杏は作業着代わりのトレーナーとパンツに着替えた。店をオープンするわけではないので、私服で問題ないのだが、清掃や模様替えで汚れるだろうから着替えは必須だ。

そして小一時間ほど無心でモップを走らせた時だった。店のドアがノックされた。杏は飛び上がるほど驚いた。激しくなる鼓動《こどう》を胸の上から押さえ、ドアを見つめる。

（大丈夫だ、もう悪いことは起こらない）

杏は自分に言い聞かせた。

倉庫と店に侵入《しんにゅう》していた者は既に捕まっている。その後の顚末《てんまつ》は知らない——知らされていないが、もしもその人物が釈放《しゃくほう》などされていたらヴィクトールが教えてくれるはずだ。それがないのなら、大丈夫。

なら、いったい今、誰がドアをノックしたのか。

念のために、ドアは施錠《せじょう》している。隣に並ぶ店のほうはそもそもシャッターすら開けていない。それも、事前にしっかりと施錠されていることを確認している。

ヴィクトールなら、鍵《かぎ》を持っているのでノックをするわけがない。

杏は、靴音《くつおと》を立てないようドアに接近した。いざとなったらモップを武器にしようと、柄《え》の部分を力いっぱい握りしめた。

「……高田《たかだ》さん、いるかな？　ええと、岩上《いわがみ》です。覚えていますか、ヴィクトールの友人の」

杏がドアに近づく気配を感じたのか、向こう側からそんな声が聞こえた。

もちろん覚えている。

杏は慌ててドアの鍵を開けた。

そこには本人の宣言通り、岩上が立っていた。黒に近い濃茶色のスマートなコートに、ベージュのマフラーを合わせた、シンプルだがどこか洒脱《しゃだつ》な恰好の男性。年齢は、本当に掴みにくい。三十代でも通るし、五十代と言われても納得できる薄味の顔付きだ。

「おはよう、高田さん。よかった、開けてくれて。不審者と思われたかなと」

安心したように岩上が微笑《ほほえ》んだ。

少し思いました、と心の中で答えながら、杏も笑みを浮かべた。

「ヴィクトールに差し入れをと思ってね」

「あ、ヴィクトールさんは今日、こっちじゃなくて、倉庫のほうに」

そう答えかけて、杏は、そこまで話していいのかとふと思った。いや、警戒する必要はないか。親しい仲のようなので、ヴィクトールの倉庫のことは当然知っているだろう。

「ああ。先に連絡を入れたら、来るなと叱《しか》られた」

困ったように目尻《めじり》を下げるその人に、杏は笑顔にさせられた。

「その電話で、高田さんは店のほうにいると聞いて、君に差し入れ」

と、彼は手に持っていた赤い紙袋を軽く掲《かか》げた。

「ヴィクトールに嫌がられたので、君がもらってくれると助かるなあ。あと、不審者じゃないので、モップからは手を離してくれると嬉しい」

杏は片手で口元に浮かぶ笑みを隠し、モップをドアの横に立てかけた。その後、身を引いて、どうぞ、と中へ誘う。

「温かい飲み物をご用意しますね」

カウンターに向かいかけた杏の背に、岩上の言葉がぶつかる。

「いや、すぐに倉庫のほうへ顔を出すので、気を遣《つか》わないで。……君と楽しくお茶を飲んだと知られたら、本当にヴィクトールに嫌われる」

やけに実感がこもっている声を聞き、杏は反射的に振り向いた。

思ったよりも近くに岩上が立っていた。

彼は親しい友人に見せるような柔和《にゅうわ》な表情で杏を見下ろしていた。杏の手に、紙袋を握らせる。

「あの、これ」

「これはお詫《わ》びの意味も込めて。……君がここで危険な目に遭《あ》ったと聞いて、後悔しているんだよ。前にここへ来た時、もっと強くヴィクトールに忠告すべきだったなと」

杏はぼんやりと岩上を見上げながら、そういえばこの人は以前、ヴィクトールに忠告をするために店に来ていたなと思い出した。

「でも、岩上さんの責任じゃないです」

だからお詫びをもらう理由はない、そう言いかけて杏は動きを止めた。

もしかして、最初からヴィクトールに差し入れするためではなくて、杏に謝罪をする目的で来たのではないか。

杏は、視線を上げて岩上を見た。瞬《まばた》きもせずに見た。

「すまなかったね、怖い思いをさせて」

「あの――」

聞いていいのか。

倉庫や店に忍び込んだ侵入者と、関係があるのかと。

「安心してほしいな。僕は本当にヴィクトールたちの友人だ」

杏の変化に気付いてか、岩上は態度を変えずに落ち着いた口調で言った。

「本当ですか」

「もちろんだ」

間髪《かんはつ》を容《い》れずに断言された。確かにヴィクトールの信頼はある。下の名前で呼ばれている。

――いや、待って。

必ずしも親しい人ばかりを下の名前で呼ぶとは限らない。強く意識する相手なら、誰であろうと。

ヴィクトールは、わかりにくいが、曖昧《あいまい》な表現はしても露骨に欺《あざむ》くような真似はしない。基本的には、彼の口から出る言葉は、そのまま受け取るのが正解という場合が多い。そうでないものもあるだろうが。

岩上と最初に会った時、ヴィクトールは本当に真実を口にしていたのではないか。

歩き回る嵐のような人。気を許すなと。

あれは本気で杏を叱っていたのでは。

この人が積極的に侵入者を差し向けたわけではない気がする。もしもそうなら、ヴィクトールがもっと強く彼を拒絶しているはずだ。でも、『歩き回る嵐』である人だという。歩けば、他の者も巻き込まれて動き出す。それを狙《ねら》って動いたという可能性は――。

「高田さん、それじゃあまた」

岩上が軽く手をあげて、別れの挨拶《あいさつ》を告げた。

「それね、素敵なブローチだから、ぜひ使ってほしいな」

杏が断る前に、彼は笑って立ち去った。

夢でも見たような気持ちになり、しばらく杏は立ち尽くした。

我に返って、急いで岩上を追い、店を飛び出す。

だが、外に飛び出した時になにかを踏んでしまい、杏は危うく転倒しかけた。雪が固まっているところがあったのかと、慌てて視線を地面に向ける。

踏んだのは、透明な小袋入りの星形をしたソーダ味の飴だった。

ポケットに入れていたのが落ちたのかと思い、それを反射的に拾う。

(変だ。今日は持ってきていないのに)

戸惑った直後、パンツのポケットから突然音が響いた。聞き慣れたスマホの着信音だったが、不意打ちだったので、ひゅっとすくみ上がるほど杏は驚いた。

一瞬、迷った。

電話に出るか、無視して岩上を追うか。

杏は、電話を選んだ。

『――あー、杏？』

電話をかけてきた相手は、雪路だ。

『今さあ、徹《とおる》から連絡あったんだけど、……一応知らせたほうがいいかなと思って。上田《うえだ》君、知っているよな。なんか事件に巻き込まれたって。それも、最近起きた誘拐《ゆうかい》事件に関係しているとか……いや、それはまだはっきりしないんだけどさあ。徹がパニックになってて、うん、仕事終わったら会って詳《くわ》しく聞く予定で――杏、大丈夫か？』

「飴……『お守り』を、上田君は捨てちゃったんだ」

『なんだって？』

杏は、星形の飴を握りしめた。

お守りだって言ったのに。


二月。

雪の降る日だった。

フェア目前のため、店は臨時休業中だが、舞台裏では職人たちは大忙しだ。バイト待遇の杏はというと、製作や修理作業に携《たずさ》わるわけではないので、仕事はほとんどない。せいぜい電話番や清掃くらい。ちょっとした備品なんかの買い物なら手伝えると言いたいところだが、なにせ今の季節は冬。ここは雪降る町だ。重い荷物を抱えて徒歩で動き回るのはさすがに厳《きび》しい。軽い差し入れ程度ならまだしも。

だが猫の手も借りたい心境なのか、いないよりはましとも思われているのか、店に入るよう言われている。

本日は、二つのアクシデントが発生した。電話番の杏以外は外出している。ひとつは配布用のチラシに手違いがあったとのこと。これはヴィクトールと室井が春馬のところへ向かって対応する。小椋と雪路はホームセンターへ。業者に発注をかけていた梱包材の点数が間違っていたらしい。不足分を求めて近隣のホームセンターをはしごするはめになった。どちらとも、夕方までには店へ戻ってくるそうだ。

慌ただしい中でも、ヴィクトールは律儀《りちぎ》に「なにも問題はないか」と杏に連絡をしてくる。特別扱いというよりは、安否《あんぴ》を確かめる意味合いが強いのだろう。杏をクローズした店内に長時間残したくないようだった。そこまで深刻なトラウマにはなっていない……と自分では思っているのだが、どうもヴィクトールは信じてくれない。

午後二時半。ヴィクトールから、今日二回目の電話が入った。店の電話にではなく杏のスマホのほうにだ。

『すまないが、あとで工房に行けるか？　作業テーブルの上に展示品の目録のファイルがあるはずなんだけど』

ヴィクトールは先にこちらの安否を気遣ったあとで、気まずげにそう尋ねた。

「工房でしたら近くですし、すぐ行けますよ」

『外は雪がすごいだろ。別に急ぎじゃない』

「傘をさすので平気です」

電話を続けながらバックルームへ行き、コートを着込む。それとバッグを手に取る。

「目録のファイル、そちらまで届けにいきましょうか」

『いや、工房にあるかどうか教えてくれるだけでいい。小林春馬に見せる予定で置いていたんだが、持ってくるのを忘れていたみたいだ。あとで取りに行く』

紛失《ふんしつ》していないかの確認を一応しておきたいってことか。

「……私が一人でも大丈夫なのか確かめるための方便だって、正直に打ち明けてもいいですよ」

杏が冗談を言うと、一瞬の沈黙後、『俺はたぶん昨日くらいに、素直さを道に落としてきたんだよね』というわけのわからない返事をヴィクトールにされてしまった。そしてぶつっと電話を切られた。

面白《おもしろ》い人だ。杏は忍び笑いをし、店を施錠して外へ出た。

いつの間にか、大雪になっていた。

だが女子高生は雪の日にも対応可能だ。滑り止めの金具を取り付けたブーツも履《は》いている。傘をさすのは急に億劫《おっくう》になった。そのまま行くことにする。少しの距離だし。

天地を逆さまにしても見分けがつかないくらい、周囲は真っ白だった。けれどもその景色の中で、三つの丸を並べた信号機が眠たげに瞬《またた》いていた。自分が真っ白い深海を泳ぐ一匹の魚になった気がした。楽しくなった。

大人は、と杏は考える。大人になったら、『もしもこの雪すべてがホイップクリームだったら』というような想像はしなくなるのだろうか。

路駐している黒い車はチョコレートケーキだとして。そこにふわふわのホワイトクリームが降ってくるわけだ。果たしてこれを一時間で食べ切るには何人必要なのか。

そんなことを真剣に考えるうちに、工房に到着した。こちらの鍵も預かっている。

工房のプレハブのまわりも雪が敷き詰められていた。あちこちで雪を被《かぶ》っているのはペンギンのオブジェだ。なんだか絵画みたいな光景だと杏は微笑んだ。工房の鍵を開ける。

店のほうもだが、工房の中も空調が整っている。

ここは相変わらず、ごちゃごちゃしていた。手前側に作業スペース。奥には、なぜか置かれている大型の木造の帆船《はんせん》。空気を循環《じゅんかん》させるためにこの工房は通常の一階建てよりも天井《てんじょう》が高く設計されているのだが、伸びた帆はそこに届くほどある。実際の帆はもっと高さがあるのだろう。サイズまでは再現し切れなかったようだが、この薄くたわんだ帆布だって木で作られているのだから驚きだ。木材を極限まで薄く削《けず》って布のたるみを表現している。なんにせよ模型レベルではない。

全長は小型トラック並み、甲板《かんぱん》部分に乗っても問題なさそうだ。もしもこの場が海だったら、ヨットみたいに水面に滑り出したに違いないと妄想してしまうほど精巧《せいこう》だった。

「これかな」

ヴィクトールの言っていたファイルはすぐに見つかった。説明通り、ポンと作業テーブルに置かれている。杏は先ほどの電話内容を思い出してにやついた。

(やっぱり私の安否を確かめるための言い訳にしたのでは？)

本人はあまのじゃく発言で否定し続けるだろうけれども。

ヴィクトールに知らせようと、手袋を外し、ついでにコートも脱ぎ、作業テーブルにバッグを置いた。そこでふと、一脚の椅子が目を引いた。

ヴィクトール専用の、例の不気味な椅子かと思いきや、違った。

「フェア用のもの？　……じゃない？」

おそらくは白樺《しらかば》の木で作られたと思《おぼ》しき繊細《せんさい》なデザインの椅子だ。肘掛《ひじか》けはない。背もたれ箇所には、クイーン・アン様式でよく見られるような花瓶模様の彫りがある。だが猫脚型ではなかった。

四本の脚は直線型だが、ガレの椅子のように植物模様の装飾が施《ほどこ》されている。脚の先端部は槍《やり》形だ。座面部分には不思議な模様の彫りがうっすらと。十字架の上に花の模様という図だ。それをスコップみたいな形の枠《わく》に収めている。いや、スコップ形ではなく、これは……盾《たて》だろうか。騎士団の象徴《しょうちょうてき》的な感じのやつ。遊び心で埋め尽くされた独特なデザインだと杏は感心した。優美で敬虔《けいけん》で、生真面目な顔を取り繕《つくろ》っているような。色々な時代の特徴が混在しているようにも見える。それでいて、調和があった。

だが、もしもシラカバ材を使用しているのだとしたら、こうした繊細な彫りはあまり適さないのではないか。カバ材は残念ながら、耐久性に欠ける。

杏は不思議と、これは自分のための椅子ではないかと思った。

きっとヴィクトールが手がけた作品だ。しかし、一ヵ月やそこらで完成させられるデザインではない。少なくともこの一脚だけで半年以上は費やしているはずだ。それこそ、杏がバイトをし始めてからすぐに製作に取り掛からなくては仕上がらないくらい手がこんでいる。

これから最後の仕上げとして塗料《とりょう》を塗《ぬ》るところだろうか。塗料はおそらくヴィクトールの倉庫よりも工房のほうが、種類が充実しているのだろう。だが、いざその作業に取り掛かろうとした直後に今回のアクシデントが発生したように思える。

(いや、ヴィクトールさん、フェア目前なのに、なにを……。というか、スツールじゃなくて随分《ずいぶん》と本格的な椅子になってる)

本当に自分のためのものか確認していないのに、杏はそんなことを考えた。なんだか落ち着かなくなる。

無駄にぐるぐると椅子の周囲を巡《めぐ》り、さらには身を屈《かが》めて座面の裏まで覗き込んだ。

そして気付いた。この優美な作りの椅子にはあまり相応《ふさわ》しくない、アンティークの釘《くぎ》が座面の裏に使われている。これも装飾の一部として使われているようだ。

何度か目を瞬かせたあとで、杏はすくっと立ち上がった。

椅子を見つめながらも、手探りでテーブルの上のバッグを手繰《たぐ》り寄《よ》せ、スマホを取り出す。

連絡する相手はもちろんヴィクトールだ。

『――杏?』

ヴィクトールはすぐに電話に出た。冷静に聞くと、ヴィクトールの声には、労《いたわ》りと恋心が溢《あふ》れていた。これを、今までずっと聞き逃していた。

「あの、ヴィクトールさん」

杏は、唾液《だえき》を飲み込み、尋ねた。なに、と優しく聞かれた。

「ファイル、ありました」

『やっぱり。一時間後くらいにそっちへ取りに戻るよ。雪がすごかったろう。俺が向かうまで、そこで休んでいていい』

「はい、それで、その――カバ材の椅子があって」

一拍の後、ヴィクトールのかすかな笑い声が耳に届いた。

『ああ、それ。うん、今日中に塗料を使って完成させる予定だったんだけどな。思いもよらないアクシデントが起きた』

「フェアの展示品ですか？」

『君がそう思うのなら、そうなのかもな』

「……私のための、椅子ですか？」

『君がそう思うのなら』

杏はもう一度、喉を鳴らし、息を整えた。

「もしかして、ヴィクトールさんは思った以上に私のこと、好きですか」

『そうだね』

ヴィクトールは当たり前のように答えた。

『あとで、そこに君を座らせてキスをしようと思うくらいには』

不意に、天啓を受けたように杏は閃《ひらめ》いた。ひょっとしたらヴィクトールもあの過去の間違い電話の相手が杏だったと、どこかで気付いたのではないか。それこそ早い段階で。

雪路の、「ヴィクトールは昔から本当は幽霊を見ていたのでは」という説も合っていたのではないか。

「――そ、そうですか。それで、あの、もうひとつ聞きたいことが」

『なに？』

ヴィクトールはなにも動じていない。落ち着いた、恋の滲む声だ。

「ここにあったヴィクトールさんの、不思議な形の椅子は、どこに?」

ヴィクトールは、さっきとは違う種類の笑い声を聞かせた。さっきのが甘いものなら、今のはもっと秘密めいたものに思えた。

『あれね。自分用の椅子ということもあって、適当な板材で作っていたんだよ』

「お店の板材で?」

『いや、違う。本当に単なる端材だ。以前、アンティーク品を大量に日本へ輸送したと言っただろう。その時の大型の荷箱に使われていた木材が頑丈《がんじょう》なものでね。家で保管していたのを譲《ゆず》ってもらった。こういう板材もアンティーク品として売れるんだよ』

「そうでしたね」

端材も商品になるとは確かに聞いた覚えがある。

『だから椅子自体に価値はないが、一応はアンティークの部品を使っていたと言えるかな。せっかくだし、その一部を君の椅子に使おうと思って、解体したんだ』

「――そうですか」

杏は、スマホを両手で摑んで、機械的に返事をした。頭がくらくらした。

「私のこと、とても好きですね」

『君がことあるごとに、俺に見惚《みと》れてくれるくらいには』

そう笑って、電話は切れた。

ヴィクトールがこちらへやってくるまでに、心を落ち着かせないといけない。

杏は作業テーブルに手をつき、深呼吸を繰り返した。

シッターの事件後、日本に移る時にヴィクトールの父親は山ほどアンティーク品を日本に輸送している。

思うに、そんな派手な真似をすれば、当時貴重品を狙《ねら》っていた人たち——聖遺物《せいいぶつ》があると信じている人たち——の目についたはずだ。そういう狡猾《こうかつ》な人たちの中には、あからさまに彼ら家族に親しげな態度で接近し、どういう品を輸送するのか確認しようとした者だっていただろう。

だが、ヴィクトールの口ぶりだと問題なく荷は届いているようだった。それはつまり、わかりやすくこれは『普通のアンティーク品だ』と彼の父が示したからではないか。

——本当にそうだろうか？

本当に聖遺物はなかったのか。

「木箱」

杏は暗闇《くらやみ》を覗き込むように瞬きをした。

箱の中にではなく、箱自体が聖遺物なのでは？

キリストの十字架は木材でできている。

輸送用の木箱に誰が注目するだろう。

「違う、木材のほうじゃなくて」

聖遺物には、釘もあるという。キリストを十字架に打ちつけたものを聖釘《せいてい》と呼ぶ。

ヴィクトールは、父が入手したと誤解されていた聖遺物は十字架の木材だ、とは断言していなかった。それっぽく説明はしていたが。その流れでさらっと釘にも触れていた。

仮に木箱の一部のみに違う素材を組み込んでいたら、目を引いてしまう恐れがある。でも錆《さ》びた釘ならどうだろうか。木箱の組み立てに使用されている釘すべてに、錆加工をしておく。全部がそうなら、気にならない。

（お父さんが入手したのは『木片』のほうだと匂《にお》わせていた。きっと他の人たちもそう『誤解』をした……誘導された）

だが、言葉通り『誤解』だ。

入手したのは木片ではない。釘ではないか。

基本的には、先入観が邪魔をする。普通、大事なものは中に入れるだろうと。剝《む》き出《だ》しになんてしない。

杏は初めて見た時から、ヴィクトールの椅子が怖かった。

（だって、背もたれ部分にねじれがあって、ひびが入ったみたいに割れていた）

あれは、確かにひびだったのだろう。輸送に使った木箱の木材を本当に再利用したのだろう。

もとは荷箱として使用されていた板材だ。一枚では強度が劣《おと》る。きっと貼り合わせる必要があった。ねじれのデザインも強度を出すために用いられた。だが、無理にねじれを入れたため、亀裂が入ったに違いない。

それで、ついでに、そう、ついでに、木箱の板材に打ち込んでおいた釘もそのまま使った。椅子に釘が使われていても、おかしくない。わざわざ注目なんてしない。

先入観だ。杏は、ねじれのデザインのほうに気を取られていた。ただひたすら、薄気味悪い、すごく古いと、そう感じていた。釘の有無なんて覚えてもいない。

けれども杏は、自分の直感を時々ヴィクトールにほめられることがある。

（初めて見た時、私はヴィクトールさんが椅子に縛《しば》られているみたいだと思った）

その時の直感はきっと正しかったのだろう。

釘の門番だ。そんな意識がひょっとしたらヴィクトールにも、多少はあったのかもしれない。

杏はまじまじと木製の帆船を見た。

（これって、本当に『方舟《はこぶね》』のつもりで）

職人全員がヴィクトールの秘密を共有していたとは考えにくい。ヴィクトールからなんとなく製作を持ちかけられたに違いない。彼は、他人が気付かないところで暗示的な遊びをあちこちに鏤《ちりば》めたわけだ。こうなると工房前のオブジェたちにもなにやら暗示的な意味がありそうだった。

でもたぶん、ヴィクトールは門番役を嫌々やっていた。ヴィクトールが好きなのは木製のチェアであって、本音の部分では聖遺物なんかどうでもいいからだ。他人が価値を見出しても、それはヴィクトールにとって価値のあるものとはならない。

それでもぽいとその辺に捨てるわけにもいかず、誰かに譲るわけにもいかず、だったら椅子に使ってやろうと思ったのではないか。

まさか椅子の部品として聖釘が使われているとは、誰も思いもしない。

(前提として——その聖遺物が、本物だとは断言できない)

杏はそうも考えた。

ヴィクトールも言っていたように、世の中には聖遺物のレプリカが数多く出回っている。そういうレプリカのひとつという可能性のほうが高い。

だが、目が眩《くら》むくらいには貴重だ。レプリカだとしても、アンティークとしては最高級だろう。

杏は体の力を抜き、笑ってしまった。

とんでもない人だ。とんでもない『アンティーク』チェアを杏に贈ろうとしている。それも、キスひとつと引き換えにするレベルの気軽さで。いや、それくらい価値があるってこと?

そんなに私のことが好きなんですね、と聞けば、そうだねと返ってくるのだろう。

だったらもう、覚悟を決めて、ご令嬢のように椅子に座って待っていようか。

（いや、だめだ）

私のことをとても好きなヴィクトールに、座らせてもらおう。それが正しい。

座ったあとには、そうだ。

恋をお聞かせしましょう、アンティークの令嬢たる私が。

なぜなら、私の恋はとびきり幸《さいわ》いだ。

杏が念願の揺り椅子を祖母に贈《おく》ったのは、雪のように桜が散る日のことだ。

春休みには、祖母と一緒に父のところへ行った。久しぶりに目を見て、話をした。たくさんの話をした。父も祖母も、すべてを笑って許してくれた。

いずれは父もこちらの町に越してくる予定だ。あくまでも予定。のんびりしているようで意外と仕事人間だから、果たして杏が高校を卒業するまでに家族で同居できるだろうか。

卒業後でも一緒に暮らせるだろとは言われたが、大学生にもなってそれはちょっと。

杏が「だって私、彼氏いるし」と告白したら、しばらく電話に出てくれなくなるくらい父はショックを受けていた。同棲《どうせい》なんて認めないと捨て台詞《ゼリフ》のようなことも言われた。それはむかついたので祖母に告げ口しておいた。杏の味方である祖母は、父を叱ってくれたようだ。父親って面倒くさいと杏は心底思う。

それで——バイトは相変わらず続けている。

変わったこともいくつかある。

まずは店の制服のデザインが一新された。ワンピースじゃなくてタイトなスカートに。杏自身は、去年と比べて、五ミリ身長が伸びた。雪路なんて二センチも伸びていた。

ヴィクトールは、少なくとも職人の顔は判別がつくようになったし、雪路のことは下の名前で呼ぶようになった。意外にも春馬と交流を持つようにもなった。大半は春馬が強引に飲みに誘っているようだが。

変わらないこともいくつかある。

ヴィクトールの人類嫌いはそのままだし、杏だって、幽霊騒動とは残念ながら縁を切れずにいる。清めの塩は必須アイテム。これは他の職人もだ。それに店番は、やっぱり杏一人だけ。

「——いらっしゃいませ。こちら、単なるパイプ椅子じゃないんです。本当ですよ。そうです、パイプ椅子の元祖なんです。はい、プリアっていう——昨年も売れたんですが、運よく再入荷しまして——ええ、ご覧ください、このシンプルなフォルム。座る用途じゃなくて、ちょっと小物を飾るのもいいと思いますよ。どうですか、お部屋に一脚。もちろん他のチェアもおすすめです。大丈夫、アンティークのブームって、廃《すた》れませんから！」

杏は、気になる様子でパイプ椅子を眺めていた客に近づき、微笑んだ。

足元には、呆れたように、にゃんと鳴く猫様がいる。

人間っておかしな生き物だ、たかがパイプ椅子になんでそこまで熱中できるの？　そう言いたげな目を向けられてしまう。

客に気付かれないよう、杏はそっと猫を見下ろして、口に人差し指を当てた。

どうぞお静かに！

……いえ、皆さん、そこで女性作家の本を読んだりくつろいだりするのは構いませんけれど、生きたお客様を驚かすような真似だけはしないでくださいね。嫌な客に靴をぶん投げようともしないで。本当、お願い！

慌てる杏をよそに、ドアのベルが鳴った。

新しい客の訪れかと思いきや、現れたのは人類嫌いを極めつつある美貌《びぼう》のオーナーだ。杏は笑顔になった。これで今日の売り上げは、増える。この人も接客してくれるなら。

店内に客が入っていることを知って回れ右をしかけたオーナーの脇腹を、杏は遠慮《えんりょ》なくつついた。

彼は、憎んでやるとでも言いたげな目で杏を見たけれども、すぐにあきらめたように微笑を浮かべた。そして見惚れる客に、挨拶する。

ようこそ、「TSUKURA」へ。

戯《たわむ》れる春の下で

春が死に絶える前の頃の出来事だ。

高校三年ともなれば、杏《あん》に限らず大半の生徒が「これからの毎日を受験勉強のために捧《ささ》げるべし」と地獄《じごく》の決意を固めるものだ。だが、できれば長期にわたるこの苦痛を少しでも緩和《かんわ》させたいし、どうせなら誰かと同じ感情を共有して慰《なぐさ》め合《あ》いたい。それだけでかなり気持ちが楽になるだろう。

という思いつきに背中を押される形で、春休みのある日、杏はバイト先の「ツクラ」で顔を合わせた雪路《ゆきじ》にこんな誘いをかけた。

「ねえ雪路君、時々でかまわないんだけれど、私と地獄の苦しみを分かち合わない？」

「なにがあったか知らねえけど、モップ片手にそんな気軽な調子で地獄の苦しみを一緒に体験しようって誘ってくるやつ、本当にいる？」

雪路は展示用のオリジナルチェアを包んでいた薄手の毛布を畳《たた》む手を止めて、心底引いているといった顔を杏に向けてきた。店内に椅子を運び込んでいた他の工房の面々も、ちょうど杏の言葉が耳に入ってしまったのか動きを止めて戦慄《せんりつ》の表情を見せている。雪路の横でチェアを軽く拭《ふ》いていたヴィクトールなんかは、決して杏と目を合わせようとしなかった。

今日の「ツクラ」は、先月のフェアの後片付けと商品補充の作業に追われている。杏の仕事は主に掃除だが。

杏は雪路にも指摘されたモップの柄《え》を軽く抱《かか》え込《こ》むと、「受験に向けて、他の子も誘って勉強会をしませんか、って意味」と、地獄の中身を説明した。クラスは二年からの持ち上がりなので気心が知れており、誘いやすい。

職人たちは、「ああなんだ、そういうこと」という安堵《あんど》した顔を作ると、抱えていた荷を床に置いてこちらへ近寄ってきた。

「いいですねえ、仲間で集まって勉強会か。青春だなあ」

大量のときめきを浴びた、という体《てい》で頬をゆるめ、会話に参戦してきたのは室井《むろい》だ。顔に似合わずロマンチストな彼は、杏や雪路がいかにも学生らしい話をするたび青春の輝きを賛美する。

「ふーん、まあいいけどさ、どこでやんの？　学校？　それだとせいぜいやれても一、二時間程度じゃね？」

悶《もだ》える室井を生ぬるい目で見ながら、雪路が真面目《まじめ》な質問を投げかけてくる。

「図書館とか、誰かの家とか……あと、町内の文化センターは？」

彼のもっともな指摘に杏は考え込んでこつこつと靴《くつ》の先を床に打ち付け、いくつか候補を挙げた。

「たまにでよければ、うちの奥さんの喫茶店を使いませんか？」

室井のありがたい提案に、杏と雪路は無言で拝んだ。持つべきものは頼れる大人だ。

「クラスのやつら、結構乗ってくれそうだな。他のクラスの生徒もオッケーなら徹《とおる》も誘おうか。

あいつ、仲間外れにすると泣くだろ」

最近友人が増えた雪路が嬉しそうに眉《まゆ》を下げて言う。

この頃の雪路や職人たちは、以前ほど他人に遠ざけられていない。顔貌《がんぼう》に変わりは見られないのだが、これまではどこかおどろおどろしく感じられていた暗い雰囲気が不思議と一般人レベルに落ち着いてきていた。

「じゃあ早速、弓子《ゆみこ》ちゃんたちにも連絡してみるね」

雪路の賛同を得られた杏は胸を弾《はず》ませてそう言った。

——こうした経緯《けいい》で受験生たちの勉強会は始まったわけだが、これが意外にも皆に好評で、春休み後も継続して定期開催する流れになった。やはり地獄の苦しみは全員で負担し合うものらしい。


勉強会参加者の顔ぶれはその時によって変化する。

(無理せず時間が合えば集合、というゆるいルールだし)

だからこそ皆も気軽に参加できるというか。集まる場所も時には室井の妻たる香代《かよ》の喫茶店、時には図書館、時には誰かの家だったりとそこら辺も気負わずに行き当たりばったり……臨機応変に対応している。

今日の勉強会には杏も参加予定だ。バイトも用事もない。なにより今日の参加メンバーの中には化学がめっぽう得意と豪語する子がいるので、学びたい範囲を重点的に教えてもらえることの機会を逃《のが》したくない。その子が誇《ほこ》れるのは化学のみらしく、得意教科と苦手教科の成績の差が天国と地獄みたいに開いているというのだから面白《おもしろ》い。

杏は下校後、今日の開催場所である弓子の家へ直行するのではなく、着替えや準備のために一度帰宅することにした。

弓子は今一番仲のいいクラスメイトだ。数年前に建て直したという彼女の家は小洒落《こじゃれ》ており、一階には白い木目調の壁紙の多目的ルームがある。

勉強会で使う教科書類をバッグに詰め込み、さあ出発するかというところでスマホにメッセージが届いた。画面を確認すると、「急だが勉強会の場所を変更したい」という文面が表示される。

弓子の母親は保険外交員だ。ツテのある企業を中心として毎日精力的にあちこちを訪問していると聞くが、今日は朝から少し体調が優《すぐ》れなかったらしい。外回りの途中で貧血を起こしたそうだ。大事を取るべく午後には仕事を切り上げ、自宅に戻ってきたという。

不調の母親をゆっくり休ませてやりたいという弓子の要望を聞き、じゃあ今日は自分の家でやろうか、と参加者の一人が手を挙げてくれた。

その子の家の場所を杏は知らなかったのだが、スマホに送られてきた住所とマップを照らし合わせてみれば、バス一本で行ける位置にある。

杏はすぐに了承の旨《むね》を送り、家を出た。

五月になって桜はとうに散ってしまったが、そのかわりに街路樹はつやつやとした若葉を枝につけている。この季節の空気は爽《さわ》やかで快《こころよ》い。杏は夕暮れの気配を感じさせる空に目をやったのち、薄手のニットカーディガンの肩にかけていたバッグを持ち直してバス停へ急いだ。

カーディガンの襟《えり》につけてきたブローチが陽光を受けてちかちかと小さく輝いた。


体調不調の母親を気遣《きづか》って弓子も本日の参加を取りやめたが、勉強会自体は滞《とどこお》りなく進んだ。

二時間ほどの自由学習のあとは、休憩《きゅうけい》を兼ねた夕食タイムだ。基本的に飲食類は各自で用意する。弁当を持参したり事前にコンビニで購入しておいたりと、ここも好き好きに。休憩後は協力し合ってそれぞれの苦手教科の対策に注力する。

図書館などの公共施設を利用する日は、早い時間での解散となる。が、誰かの家に集まる日は比較的遅い時間まで勉強に取り組むことができる。ただし、学習場所を提供してくれた子の家族に迷惑をかけないよう、最後まで静かに礼儀正しく。

メンバーが増える時にはグループをわけたりもするが、今日は杏を含めて五人だ。人数をわけず、全員でその子の家にお邪魔している。

しばらく化学の参考書と睨《にら》めっこしていた杏は、ふと集中力が途切れたことを自覚し、握りしめていたペンをテーブルに置いて軽く伸びをした。するとローテーブルを囲む形で勉強していた他のメンバーも、こちらの動きにつられた様子で手を休めたり飲み物を口にしたりし始めた。

「今何時？」

誰にともなくそう尋ねたのは今日のメンバーの一人である雪路だ。それに他のメンバーたちが勉強による疲れをかすかに滲《にじ》ませた口調で答える。

「あー、もう九時近いじゃん。長く居座っちゃったけど、家の人、大丈夫？」

「うちの両親は今日、どっちもいないから平気だって」

「つかバスの最終って十時じゃない？」

「私は歩いて帰れる距離。杏は？」

メンバーの一人に聞かれ、杏は少し考え込んだ。

最終のバスを逃《のが》したとしても帰宅が困難な距離ではないだろうが、徒歩だとかなりの時間を費やすことになるのは確実だ。できれば楽をしたい。ならそろそろ帰り支度《じたく》をしたほうが賢明だろうと結論付け、杏はテーブルの上に広げていた参考書を片付け始めた。

「私はもう帰ろうかな」

そう全員に向けてつぶやくと、皆も帰宅するほうに意識を向けたようで、やはりのろのろと勉強道具を整理し始めた。

「俺は親に迎えに来てもらおうかなあ。バスで帰るのもだりぃわ」

「え、迎えに来てくれんの？　うらやま」

メンバーの会話を聞き流し、杏は欠伸《あくび》を噛み殺した。さっきまでは平気だったのに、急に眠たくなるのはなんでだろう。ちょっとくらっとした。

「だってさあ。最近、このあたりで物騒な事件が立て続けに起きてんじゃん？」

「え、そうなの？　知らねえ」

「いうほど最近ってわけでもなくない？　確か去年だよね、行方不明になってたコンビニ店員の死体が見つかったのって。そこのコンビニ、私行ったことあるよ」

杏は参考書類をバッグにしまうと、代わりにスマホを取り出した。画面をいじってバスの時間を確認しながら、心の中で「私もそのコンビニに行ったことある」と答える。それにしても眠い。欠伸が止まらない。

だらける態勢に入ったメンバーたちの雑談が続く。

「ニュースになっていたの知ってる。コンビニ店員の事件って、今も未解決の連続誘拐《ゆうかい》事件と関係あるんでしょ」

「ほら、うちの学校でもさあ……」

「行方《ゆくえ》不明になったやついたよな。そいつって雪路の友達じゃなかった？」

「……うーん、まあ」

雪路の答えは歯切れが悪い。その『行方不明になった生徒』を友達のカテゴリーに入れていいのか。杏もまた迷う。だって彼は――。

「消えた生徒の件もコンビニの事件と関係あるって、まじ？」

「知らね。本人に聞いて」

「本人、行方不明じゃん」

《あのさあ、俺も好きで行方不明になったわけじゃないんだけど》

「そりゃそうだわ、ごめん」

「好奇心で聞くようなことじゃなかったね」

《そう。気をつけなよ。俺も好奇心のせいで殺されたわけだし》

あーあ、残念。もっとやりたいことがあったんだけどな。――そうぼやく声は、やけに湿って聞こえた。かすかにハウリングが発生しているようにも聞こえた。

「はあ？　殺されたってどういうことだよ」

メンバーの誰かがいぶかしげに尋ねる。

《どういうもなにも。俺やコンビニのバイトの女子高生を殺害したやつらって、芸術家かぶれの窃盗団《せっとうだん》なんだ》

「窃盗団？」

《元は劇団員で、この町でも何度か公演にまで漕《こ》ぎ着《つ》けたって話。芸術家を気取りすぎて現実を直視できなくなったタイプなんだろ。風邪薬をたらふく飲んでオーバードーズするだけじゃ物足りなくなり、ついには本格的なドラッグにも手を伸ばすようになった》

「詳《くわ》しいね」

杏は感心し、口を挟《はさ》んだ。

元劇団員の窃盗集団。頭の中で記憶が回転木馬のようにくるくるし始める。おしゃべり椅子。ムーミンママのバッグ。……そういえばだが、杏はその「とある劇団員たち」の素顔を知らない。というのも、小林《こばやし》家の工房でパフォーマンスを行なった時の彼らは皆一様に中世の貴婦人や令嬢、紳士の衣装を着用していて、化粧も派手だった。素顔を見たのは一人だけ。置き忘れの汚いムーミンママのバッグを取りに来た青年だけだ。

だから——そう、たとえば、杏とヴィクトールが星を観測しに行った日に立ち寄ったコンビニの店員が、窃盗団の一味の誰かと入れ替わっていたとしても、それと気付くわけがない。本物の店員である女子高生を誘拐しようとした直後に杏たちが偶然来店してしまったため、やむをえず自分が店員のふりをして対処《たいしょ》しようとしたのだとしても。

もちろん、その時の同行者のヴィクトールだって、レジ越しに直接店員と顔を合わせていようと彼らの正体なんかわかりっこないのだ。ヴィクトールは、他人の顔の見分けがつかないのだから——。

《当然。殺される前に犯人の口から直接聞いているんだよ。で、そいつらは欲を抑え切れなくなって良心を売り払い、他人の人生を弄《もてあそ》ぶような犯罪を計画し始めた》
彼の話は続く。皆も興味津々《しんしん》の様子で耳を傾けている。
「その人たちが犯罪に走るようになったきっかけってなに？」
《だから芸術家かぶれなんだってば。アングラとか復讐劇《ふくしゅうげき》的な舞台に惹《ひ》かれて悪役にはまり込んだ結果、人殺しに興味を持ったみたい。舞台上で味わう万能感が現実でも通じると勘違いしたんじゃないの？》
なんだそれ、と杏は呆《あき》れた。そんな軽薄な理由じゃ被害者も報《むく》われない。
《こんな話を知ってる？　実は死体を遺棄《いき》する場所ってさ、テリトリーが決まっているんだ》
「テリトリー？　そんなのあるんだ？」
《うん。死体遺棄場の縄張《なわば》り。殺人専門の犯罪者間で、ここからここまでの土地は自分たちの使う場所という暗黙のルールが敷かれているんだって》
「やっぱいなー、それ」
軽い笑い声。
「っていうか、おまえは結局なんで殺されたの？」
《他のやつらのテリトリーを侵《おか》しちゃったんだよ》
「侵入罪《しんにゅうざい》の報復でってこと？」

《違う。俺が殺した、ある酒乱女の死体を山に埋めようとしたら、他の犯罪者が遺棄した死体を偶然掘り当ててしまったわけ。その時はテリトリーのルールがあるなんて知らなかったしね。俺みたいにルールを知らずに死体を埋めに来る素人《しろうと》がたまに現れるらしくて、困っているそうだ》

「へえ……、にしてもおまえ、不運すぎね？」

《まあね》と軽く彼が答える。

「じゃあおまえもどっかの土の中に埋められてんの？」

《そう。息苦しくってさあ。早めに見つけてほしいかな。でも面白いんだよ。俺が埋められている山には、小学生くらいの女児の死体も隠されているんだ。かわいそうに。なんでも両親に殺されたそうでね。その子の死体もついでに見つけてあげてよ》

「うわ、死体を発見するのはちょっと」

誰かのそんなブラックジョークに、他のメンバーたちがどっと笑う。

杏も少し笑ったが、そのすぐ後で急に「なにかがおかしい」という強烈な違和感に襲われることになった。視線はまだスマホの画面に表示されたバスの時刻表に向かっていた。

《でも高田《たかだ》杏さんは死体探しが得意なんだろ。実績《じっせき》もあるしさ、期待してる》

「えっ、なにそれ杏。どんな特技なの？」

《人は見かけによらないよな。俺はその話を、女装男から聞いたんだ。すごく感じの悪いやつ

だった》
「感じが悪いって、喧嘩《けんか》でもしたわけ？」
《喧嘩っていうか、口論。自分だって高田杏さんに図々《ずうずう》しく死体探しを依頼したくせに、俺にはもう彼女に近づくなと脅《おど》してきたんだよ》
「ずいぶん勝手なやつじゃん」
《ほんとそう。他にも、きつい物言いをする女とか、年配の女とか――とにかく高田杏さんを巻き込むのはよせって、しつこいったら》
迷惑～、とメンバーたちが彼に同情する。
《むかつくよな。誰が聞くかよ。――まあ、生前に高田杏さんの忠告を無視した俺が悪いんだけどさ。でも飴《あめ》なんかがお守りになるなんて本気で思わないじゃないか。失敗したな》
苦笑する少年の態度に、杏は背筋が粟立《あわだ》つのを感じた。
今はもう彼らの会話の異常さをわかっている。強烈な違和感を抱《いだ》くまでは自分もまた平然と彼らの会話に参加していたということが、より恐ろしく感じられる。
《だからさ、高田杏さん。俺のことも迎えに来てくれよ》
名指しでせがまれ、杏は戦々恐々とスマホから視線を上げた。
ローテーブルを挟んだ向こうの座椅子に、見覚えのある少年、上田朔《うえださく》が座っていた。微笑を浮かべて杏を見つめている。頬杖をつき、片手に気だるくペンを持っている。

いいじゃん、暇《ひま》なら行ってあげなよ、とまわりのメンバーが上田に肩入れする。雪路までもが皆に倣《なら》って彼の味方をした。いや、本物の雪路なのだろうか。杏はそちらを振り向けなかった。他のメンバーたちの顔もやはり確かめる勇気がなかった。杏は上田だけを見た。今日の勉強会メンバーにどうして上田が混ざっているのか、その理由もわからない。

杏と視線が絡み合うと、上田は頬杖をつくのをやめてテーブルに身を乗り出してきた。

《なあ、いいだろ。来てよ》

熱心な口調だった。

杏は呆然《ぼうぜん》と彼を見つめた。

《俺たち、知らない仲じゃないんだし。……君が来てくれないなら、翔《しょう》を代わりに連れていくかもよ》

脅しにしか思えない発言に、杏は喉を鳴らした。指先が凍《こご》えていく自覚があった。相変わらずくらくらするし、眠気が落とし切れない黴《かび》のように頭の隅にこびり付いている。

「……加納《かのう》君は、転校したんだよね？」

加納翔。サッカー部に所属していた少年。上田の親しい友人だ。杏も彼と顔を合わせたことがある。

《転校。はは。あいつ、おっかしくって。最初のミッションを終えたあたりから少しずつ罪悪感を持ち始めたみたいだけど、今更《いまさら》だろ。後ろめたさで学校にも行けなくなったくせに、自首

する覚悟もない。不安定な今の状態なら簡単に連れていけそう》

「だめだよ。私、加納君にお守りを渡す。それか、吉田《よしだ》君の猫の絵でも送る」

杏が即座に言い返すと、上田は笑うのをやめた。無表情だとわかるのに、どうしてか彼の顔がはっきりと見えないというような奇妙な認識を抱かされる。まさか、顔の判別ができないヴィクトールでもあるまいし。

《本気でむかつくよ、君》

悪意を吐き捨てたあとで、上田は再び笑った。

《ところで高田杏さん、もうピンク色のマフラーはしないのか？　あれ似合っていたのに》

「……この季節にマフラーなんてしないよ」

《カーディガンにつけているブローチってアンティークもの？　意外といい趣味してるね》

ブローチ。杏はちらっと自分の服を見下ろした。なぜ今日はこのブローチをつけてきたんだっけ。後悔が募《つの》った。

《そうだ、さっきも言ったけど、俺の埋められている場所のそばには他の人間の死体もあるんだよ》

「――小学生くらいの女の子の？」

《その他にもだ》

「え……」

他って、いったい誰の？

誘拐殺人の被害者たちの？

――加納君の母親の？

それとも。

《君もご存知の、俺が最初に手をかけた男の骨、そうそう、君にもお裾分《すそわ》けした鉢植《はちう》えの中の――え、なにその顔。まさかあの鉢の中に混ぜたものが全部だとでも？　そんなわけないだろ。鉢植えに入りきらなかった分はさあ、別の場所にばら撒《ま》いたんだよね》

「どこに？」

《この近くにさ、猫屋敷とかいう馬鹿な噂《うわさ》のある家が建っているんだ。そこの庭に――》

杏はなにか言い返そうとして、喉がからからになっているのに気付いた。

――思い出した。以前に上田本人が口にしていたことだ。骨は小石くらいになるまで細かくし、少量ずつあちこちに捨てるのだと。公園の砂場とかマンションの花壇《かだん》、鉢、あるいは誰かの家の庭とか。――庭。あの猫屋敷を指していたのか。

どうしてこんな話になったのだろう。

（さっきまで皆と勉強会を開いていたはずじゃないか）

杏は奥歯を噛みしめた。メンバーは、雪路と、弓子と、いや、弓子は母親の体調不良により不参加になった。それで他の子の自宅で行うことに――そもそも、誰の家で？

行方不明中の上田がこの勉強会に当たり前の顔で参加していることからして、まったくわけがわからない。自分が誰に化学の説明をしてもらったのかも。

正常な意識がバチバチと音を立てて断線したような感覚に陥《おちい》る。本当になにひとつ理解できない。この人は本物の上田君？　よく見ると、複数の人物の姿が重なっているようにも思える。男なのか、女なのか。子どもなのか、老人なのか。

《一緒に来てよ》

と、上田がしつこく誘ってくる。

《俺、君のことが結構好きだよ》

「え、いや、それは困る」

杏は乾いた唇の隙間から拒絶の言葉を吐き出した。混乱しているためか、うまく舌が回らない。

《困るって！　なんで？》

「だって、私、他に好きな人がいて」

そう、大好きな人がいる。上田と一緒には行けない……行っちゃいけない。

《俺のことは探してくれないの？》

「私は別に、死体探しが趣味なわけじゃない！」

そんな不気味な趣味、あってたまるか。

スマホを握ったままの手がひどく汗ばむ。気持ちが悪い。けれども汗を拭《ぬぐ》う余裕もない。頭も重く、眠気もいっこうに去ってくれない。春眠暁《あかつき》を覚えず、なんていうどうでもいい言葉が脳裏をよぎる。すべては春のせいだ。たぶんそうだ。責任転嫁《てんか》しなきゃやってられない。

《探してよ、ねえ》

「無理だよ」

《ねえったら》

「本当に無理だって！」

非常事態時に有効な塩はどこだっけ。小分けにしてバッグの中に欠かさず忍ばせているはずだ。だが上田が目を逸《そ》らしてくれないせいで、身動きができない。取り出せない。

いつの間にか他のメンバーたちの姿が消えていた。天井《てんじょう》のライトだって消えている。青みを帯びた仄暗《ほのぐら》い部屋で、杏は恐ろしいモノとたった一人で対峙《たいじ》している。

上田がテーブル越しにゆっくりとこちらに手を伸ばしてきた。

《お願いだ、来てよ》

その哀願《あいがん》は、恐怖一色だった杏の心をわずかにゆらした。どうしよう、こんなに必死に頼んでくるのなら探してあげたほうがいいだろうか。探さないと、どうなる？

（というより私、無事でいられる？）

迫《せま》り来《く》る上田の指を見つめたまま、縋《すが》る思いでスマホを強く握った時だ。

突然、杏のスマホが着信音を鳴らした。

その音は、緊迫《きんぱく》した空気の中で雷のように響き渡った。

杏は文字通り飛び上がった。心臓が胸を突き破って飛び出すのではないかというほど驚いた。

反射的にスマホに視線を落とし、画面をタップする。驚きが恐怖を上回ったおかげか、すんなりと手が動いた。

「――もっ、もしもしっ!!」

『うわっ、いきなりなに、その前のめりなテンション……勢いがありすぎて、ついていけない。まずは電話相手の心情にもっと寄り添った静かな挨拶《あいさつ》をしてくれないか』

嫌そうな態度を隠しもしない男の声が杏の耳に滑《すべ》り込《こ》んできた。杏は歓喜した。目の前に身を救う蜘蛛《くも》の糸でも垂《た》らされたような感覚を抱いた。

「あっ、え、ヴィクトールさん！　私のヴィクトールさんですよね!?」

『……どういうテンションで答えるべきか悩ましいけれど、おそらく君のヴィクトールで合っていると思うよ。しかし君、いつだっておかしいよね』

流れるように罵《ののし》られた気がするが、そんなのは瑣末《さまつ》なことだ。

「あのっ、私たぶん今、上田君から死体探しを強要されて困っているんですけど、これってやっぱり行くべきじゃないですよね!?」

『ふざけるなよ、なんで杏は俺の精神を軽々しく崩壊させようとするんだ？』

電話の向こうで溜め息をつかれた。

『君は今、どこにいる？』

「どこって――友人の家に！」

杏は大声で答えると、スマホから顔を上げ、そこで言葉を失った。

『杏？』

「友人の家にお邪魔していたはずなんですけど――ここって、どこなんでしょうか？」

信じられないことに、目の前には見知らぬ光景が広がっていた。

なんなら屋内ですらない。

自身の正気を疑いつつ何度も目を瞬《しばた》かせたが、景色は勉強会メンバーの家にある部屋には戻らなかった。

ここは、どこかの河川敷《かせんしき》……橋の下だろうか。

土手《どて》の上に設置されたライトのおかげで、かろうじて周囲の様子が見て取れる。

最初に確認できたのは、コンクリート製の橋脚に黒スプレーで描かれた英文と卑猥《ひわい》な絵だ。

have a nice day! どこがだ。杏は心の中で悪態をついた。全然いい一日なんかじゃない。むしろ最悪の一日じゃないか。

細かな砂利《じゃり》の地面にはあちこちにコンクリートの欠片《かけら》が転がっている。橋脚の横にはおそらく不法投棄だろうゴミがちょっとした山を築いていた。

懸命に目を凝《こ》らして、杏は既視感を抱いた。木製のチェストにソファー、ラック、壊れかけの本棚。錆《さ》びた自転車。どれも見覚えがあった。ひょっとして猫屋敷――阿部《あべ》家の庭に放置されていた不用品ではないか。

それらの他に、やはりどこか見覚えのあるブラウン管のテレビまでが放置されていた。杏はそこに幻《まぼろし》の砂嵐を見た。

「私……本当にどこにいるんでしょう?」

肝心の杏自身はというと、どうやら椅子に座っているみたいだった。勉強に使っていたテーブルなどは跡形もなく消えている。

足元には、自分のバッグが落ちていた。

杏以外には誰もいない。雪路も、友人たちも、上田も。

そのかわりといっていいのか、にゃあんという猫の鳴き声がふいに響いた。

視線を巡《めぐ》らせて鳴き声の主を探してみたが、残念ながら見当たらなかった。もしかしたら廃品の影に隠れているのかもしれないが、この状況で積極的に動いて探す気にはなれない。

「どうやって帰れば――」

『スマホのアプリで位置情報を確認しろ』

杏の発言を遮《さえぎ》り、ヴィクトールがてきぱきと指示を出す。

脳を掻《か》き回《まわ》すような、奇妙に酩酊《めいてい》したこの感覚を一刀両断する現実的な発言だ。これは夢じやない。そういう認識が杏に幾分《いくぶん》かの冷静さを取り戻させた。位置情報。確かに。スマホの偉《い》大《だい》さを思い知る。

『確認し終えたら、すぐに俺に知らせるんだ。その場所まで迎えに行く』

「ですが、上田君も迎えに来てほしいみたいで」

先の会話を思い出し、杏は無意識に言い返した。反発したように思われただろうかと少し焦《あせ》った。ぐらぐらと揺れる感覚がまた忍び寄ってくる。

『俺が君を迎えに行くんだよ。杏、そこを動くな』

ヴィクトールは言い聞かせるかのように強い口調で命じた。

今度は杏もおとなしく引き下がり、指示された通りにアプリを開いて位置情報を確認した。今日町の中心部にある大きな人工林、そこの裾《すそ》を縦断する川の橋の下に杏はいるようだった。今日の勉強会の開催場所となった参加者の自宅の位置とも一致していることに気付いて悪寒《おかん》がぶり返した。数時間前の自分はスマホに住所を送られた時になぜ違和感すら持たなかったのだろう。

とりあえずヴィクトールに自分の居場所を伝える。

彼は「車でそこへ向かう」と言った。不安なら通話したままでいいと。運転が疎《おろそ》かになってはいけないので、杏はいったん電話を切るほうを選んだ。ヴィクトールは少し心配そうだったが、最終的には杏の決断を受け入れた。

杏はライト兼お守りとしてスマホを握りしめ、深く息を吐き出した。家を出る前に無意識につけてきたブローチが、スマホの明かりを受けて鈍《にぶ》く輝く。これは貰《もら》い物《もの》のブローチだ。

（ヴィクトールさんが迎えに来てくれるなら、もう大丈夫だ）

死者の国のように仄暗いこの場所からきっと無事に連れ出してくれる。杏はそう信じた。

しかし、きっと肥大《ひだい》した恐怖心が生んだ幻聴かなにかで間違いないだろうが、このタイミングで、コツコツというヒールの音が後方から聞こえてくる。いや、幻聴ではない。音は確実にこちらへ近づいてきている。ぞっとした。杏は背を押されるようにして椅子からさっと立ち上がった。

ところが、迫ってきていたヒールの音は、再び聞こえた「にゃあん」という猫の鳴き声のあと、ぴたっと止まった。それ以降は耳が痛くなるような静寂が広がった。

やがて遠方から、走行する救急車のサイレンの音が響いた。杏は気持ちを落ち着かせる目的で三回ほど深呼吸をし、ゆっくりと振り向いた。もうなんでも出てこいという心境だった。嘘だ。出てこないでほしい。

祈りが神様に通じたのか、背後には誰もいなかった。

だとするとあのヒールの音はなんだったのか。

まさか赤い靴の持ち主とか？　それとも青の持ち主？　どっちでもありえる。

恐怖が限界を超えると笑いたくなってくるらしい。視線をずらせば、先ほどまで自分が腰掛けていた椅子が見えた。

杏はその椅子を半笑いの表情で見つめた。古びた青いロッキングチェアだった。杏が立ち上がった時の名残《なご》りか、かすかにゆれていた。ああそれでかと杏は表情を消し、頭の片隅で考えた。椅子がぐらぐらとゆれていたせいで、酩酊した感覚に襲われたのか──本当に？

この椅子のみ、他の廃棄物とは違ってぽつりと離れた場所に置かれている。

なぜそこに自分は座っていたのだろうと杏は真剣に考えた。なにも思い出せなかった。穏やかに進んだ勉強会の記憶も、今となってはちっとも信用できなかった。

金縛《かなしば》り状態で青いロッキングチェアをじっと見つめていると、とある記憶に意識がやけに刺激された。この椅子すら見覚えがある気がしてきたのだ。

「これって三位一体《さんみいったい》の椅子……？」

杏は正解を引き出し、掠《かす》れた声でつぶやいた。まさかと思う。けれども記憶の中にあるあの不気味な椅子とよく似ている。いや、本当はロッキングチェアではなくて青い揺り木馬だったか。それともダイニングチェアだったか。自分の記憶も、目の前の現実も、なにひとつ信じ切れない。ついに杏は途方に暮れ、力なく項垂《うなだ》れた。本当にだめだ。

湿った土と川の匂《にお》いがふいに鼻をつく。死者の国の匂いだと思った。もちろんただの妄想《もうそう》にすぎない。

ふっと息を吐いた時、再びスマホが鳴り響いた。

電話をかけてきたのはヴィクトールか、死者か。画面の確認もせずに電話に出れば、相手は予想外の、「ツクラ」と交流のある星川仁《ほしかわじん》だった。

『えーと、雪路君から、勉強会の約束をしていた杏ちゃんと連絡が取れないっていう連絡をもらったんだけどさあ！　あれえおかしいな、俺とは電話、普通に通じたね⁉　念のための質問だけど、これって怖い話とかじゃないよな？』

「こんばんは。連絡してくれてありがとうございます。さすが星川さん」

『えっこの流れでほめられんの、少しも嬉しくないいんだけど、どういう理由⁉』

「あの、星川さんは色々運ぶ人なので……私に連絡できたのかなって」

そりゃ電話の声も運ぶよね、と杏は納得した。

ついでに言えばヴィクトールにもその素質が備わっている。なにしろ彼には時を超えて間違い電話をかけてきた実績がある。そんな特異体質を持つ彼らのおかげでおそらくもう誰でも普通にこちらと連絡が取れるようになったのではないだろうか。それがゆえの嘘偽《いつわ》りのない感謝だったが、電話の向こうの星川はなにかを察し、本気で鼻を鳴らして泣き始めた。

適当に彼を慰める傍《かたわ》ら、雪路側の情報を聞き出す。どうも雪路は、こちらの不穏な事態を感知したのか、手当たり次第に電話をかけていたらしい。親切な友人を持ったものだ。

怯《おび》える星川との電話を終えると、すぐさま次の連絡が入った。室井や弓子、小林春馬《はるま》からはこちらを案じるメッセージ。吉田君からも来ていた。この少年は間違いなく霊感体質の持ち主だ。

メッセージを送り返すうちに、不安の影は薄くなった。

三十分経《た》たずしてヴィクトールの乗る車が土手に到着した。短く感じる一方で、数時間が経過しているような錯覚《さっかく》にも陥った。

運転席のドアの開く音に、杏は顔を上げた。ヴィクトールは迷わずに橋の下へ歩み寄ってくる。

彼はヴィンテージ加工のあるネイビーのトップスに黒いパンツというラフな恰好《かっこう》をしていた。ジャケットは着ていない。

ヴィクトールは大股《おおまた》で近付くと、杏の正面で足を止めた。じろじろと無遠慮《ぶえんりょ》な視線を送ってきたかと思いきや、疲れた様子で大きく息を吐く。この人は憂鬱《ゆううつ》そうな表情を浮かべる時のほうが、美貌《びぼう》が際立つ。

「雪路から聞いた。今日は杏も勉強会に参加予定のはずが、この時間になっても現れず、連絡ひとつ寄越さない。君に電話をかけても繋《つな》がらないって」

挨拶もなしに早口でそう説明され、杏は作り笑いを浮かべた。星川の話とほぼ一緒だ。

「私もちゃんと勉強会に参加していたんですけど……」

我ながらなんとも心許《こころもと》ない返事になった。

今思えば、勉強会の場所が変更になったという話も真実ではないのかもしれない。じゃあ誰が杏にそんな嘘を吹き込んだのかと言えば、それはもうあの彼しかいないだろう。

「――上田君、どこかに埋められてしまったみたいで。あ、上田君のことを覚えていますか。ヴィクトールさんも以前に一度、彼と会っています」

彼の死体を探したほうがいいですよね、と続けようとしたところでヴィクトールの苦々しい表情に気付き、杏は口を噤《つぐ》んだ。自分が異常な内容を世間話であるかのように平然と紡《つむ》いだことが、信じられない。

杏がヴィクトールの立場なら迷うことなく相手の精神状態を危ぶんだだろう。

この人、よく迎えに来てくれたなあと杏は他人事《ひとごと》のように感心した。感謝の気持ちも遅れて湧いてきた。

「君さあ、塩漬《しおづ》けにした防犯ブザーでも持ち歩いたら?」

抱いたばかりの感謝は、ヴィクトールが嫌悪たっぷりに吐き出した皮肉で吹き飛んだ。

「普通の不審者にも効果があるだろうし、普通じゃない不審者も飛散させられるんじゃない?」

普通じゃない不審者を飛散、というわけのわからない表現に、杏はなんだかおかしくなってきた。これは一応、ヴィクトールの気遣いによる冗談なのだろうか。

杏が体の強張《こわば》りを解《ほど》いたのを察してか、ヴィクトールもいくらか表情をやわらげた。

「家まで送るよ。車に乗って」

「はい、ありがとうございます」

ヴィクトールに続いて土手を上がろうとした時、後方から恨《うら》めしげな少年の声が聞こえた。

《一緒に来てほしかったのに》

杏は咄嗟《とっさ》に振り向いた。

青いロッキングチェアに誰かが座っていた。上田の姿に見えた。違うかもしれなかった。その誰かは深く俯《うつむ》いていて、濃厚な影も背負っていたために顔が判然としなかった。そしてよく見ようと瞬《まばた》きをひとつしたあとには、幻のようにその姿は掻き消えていた。

立ち止まった杏に気付いたヴィクトールが、全身からはっきりと不快感を滲ませてこちらに戻ってきた。杏の手を乱暴に握り、ぐいと力任せに引っ張る。ヴィクトールからかすかに乾いた木屑《きくず》の匂いがした。杏と電話をする前は工房に詰めていたのかもしれない。

「ふらふらするんじゃない」

保護者のように叱《しか》るヴィクトールの目が、杏の後方にある椅子を捉《とら》えた瞬間、驚愕《きょうがく》の色を見せた。

「はあ？　なんでこんな場所に揺り木馬が落ちているんだ？」

「ヴィクトールさんには、あの椅子が揺り木馬として見えているんですか」

杏の静かな問いかけに、彼はぎょっとして、何度か椅子へ視線を送った。頬が強張っていた。

異様なのはこの青い椅子の存在だけじゃない。杏はそう心の中でヴィクトールに訴《うった》えた。

――阿部家の庭にあった廃棄物も橋脚の横側に投げ捨てられているし、夢で見ただけのブラウン管のテレビもなぜかあるし、幽霊猫の鳴き声だって聞こえていましたよ。ついでに言えば、今は無人の阿部家の庭に、猫以外の骨の欠片がばら撒かれている可能性があるんです。あの場所には、いったいどれだけの骨が埋まっているんでしょうか。子どもの骨に、母親に、男に……。こんなにたくさんばら撒かれたら、猫の骨だって迷惑ですよね。多すぎてとてもカモフラージュし切れないでしょう。

でも、と思う。その庭に出没《しゅつぼつ》する幽霊猫に関してはおそらく杏の味方だ。

「……君、幽霊にもてすぎじゃないか?」

しばらくの沈黙後、ついにヴィクトールも常識を捨てた発言をした。

「嬉しくないです。もてたくもないです」

杏は心から嘆いた。だろうね、とヴィクトールも真顔で同意した。

神妙にしている高田杏の手を引っ張りながら、ヴィクトールは大股で土手を上がった。

時刻は夜の九時半。やる気のない朧《おぼろ》げな半月が、暗い空の端に引っかかっている。土手の際には一応ライトが設置されているが、嫌になるほど薄暗い。周囲にはひとけもなく、風もない。なんだか死者の国にでも迷い込んだような錯覚が生まれる。

彼女を襲う非現実的な現象を目《ま》の当たりにするたび、ヴィクトールは空恐ろしくなる。なにしろヴィクトール自身も望まぬ怪奇現象を数度体験してしまっているので、もはや思春期に抱きがちな妄想が原因で彼女は時々不可解な行動を取るのだと安易に切り捨てることもできない。杏本人は年相応に夢見がちで、現実逃避も得意であり、だが若者特有の醒《さ》めた感覚も矛盾《むじゅん》なく持ち合わせているといった常識の範囲内の人類だ。つまり同年代の少女となにも変わらない。だから、不意打ちで日常に差し込まれるこの通り魔めいた怪奇現象に頭を抱えたくなる。

他人に自分と彼女のどちらがより非常識かと聞けば、多くがヴィクトールのほうと答えるだろう。それはそれで腹立たしいが、ヴィクトールは人類嫌いの自覚があるのでそう評価されるのも多少はやむなしと考えている。注視すべきはそこではない。性格の歪《ゆが》み具合では負けないはずの自分が年下の少女にこうも振り回されているという状況が本当にやるせないのだ。彼女の手を離せなくなったことも、いっそう苛立《いらだ》ちを煽《あお》ってくれる。

だが、いかに不服に感じようが結局はあきらめるしかないのだとも。

——そうとも、自分にいくら非常識な面があろうと、迷える羊を導いて薄暗い死者の国から連れ出すことができる程度には精神が強く、年齢通りに成熟もしている。決して深刻な問題なんかじゃない。ただ、羊め、と恨めしく思ってしまうのは仕方がないだろう。方向音痴《おんち》気味の俺より迷子になってどうする。誠実な羊飼い役など似合わないというのに。

ヴィクトールは預言者ではないが、自身がそれなりに賢いという認識も持っているので、ちゃんとわかる。今後も杏はきっと危険な境界を無防備にふらつくだろう。

これればかりは彼女自身のせいとは断言し切れないので、対処に悩む。頼れる自分がそばにいないと彼女がどんな不幸を呼び寄せてしまうのか、想像に難《かた》くない。一人では死者の国だって抜け出せないに違いない。どれだけ死者の国の王に愛されているんだと詰《なじ》りたい。一年の三分の一を明け渡すつもりか。馬鹿らしい。

「ああ、そうだよ、たとえ偏屈《へんくつ》だろうと俺は強いんだ。君くらいどこへでも連れ帰ってやる！」

ヴィクトールは叫んだ。色々と考えていたら、苛立ちが抑え切れなくなった。

「えっ、ヴィクトールさん、なんでいきなり怒り始めたんですか」

手を引っ張られていた杏が驚いたようにヴィクトールを見上げ、尋ねてきた。

なんでもなにも君のせいだろと言い返してやりたい。

もう幽霊相手だろうとふらふらついていったら浮気になるぞと脅してやろうか。それで少しは気をつけてくれないだろうか。いや真面目な話、彼女はなぜこうも俺を馬鹿な人類にしてくれるんだ。ますます怒りが湧いた。頭を掻きむしりたくなるほど嫌だ。

大体において、思春期の子どもよりもいい大人のほうがみっともない恋愛をしてのぼせ上がる。純心に憧《あこが》れる分、そうなると決まっている。

怒れるヴィクトールの耳に、《――また呼んでやる》という強い妬《ねた》みのこもった声が届いた。

杏が発したものではなかった。だからヴィクトールは決して足を止めなかった。誰が止めてやるかとも思った。うるさいな、遊んでなんかやるか、と心の中で冷たく退けた。それだけだった。振り向く価値もなかった。

ヴィクトールは、こちらの様子を窺って戸惑う杏を車に乗せる前に、怒りと恋心を込め、ひとまず抱きしめてみた。杏からすると、ヴィクトールと車に挟まれて押し潰《つぶ》されているような状態に感じられただろう。

「ヴィクトールさん、本当にさっきからなんですか！」

杏が抗議の声を上げた。

「俺はこれから、人生に余白が生まれないくらいの喜びを君に与えてやる」

「死にそうな顔で宣言することじゃないと思います！」

「椅子も無限に作ってやる」

「それは別に」

微妙な返事に、ヴィクトールは憤《いきどお》った。なんだこの生意気な反応。こちらの献身をなにひとつわかっていない。

「君がこうもしつこく怪奇現象に遭遇《そうぐう》するなら、相応の対策が必要じゃないか。そこで相談だけど、どれくらい君を管理して許される？」

「管理って言うのもやめてください。だいいち私が不吉なハプニングの到来を望んでいるわけじゃないんですよ。私も純然たる被害者です」

「俺のせいでもないけど」

「でしょうね！　……ええもう、春だからですよ。全部春が悪いんです」

重苦しい空気を払拭《ふっしょく》するためにそんな冗談を彼女は言ったのだろうが、少しも笑えない。本当に死者の国に連れ去られる春の女神の真似事《まねごと》でもするつもりか。

「……あのさ、卵殻細工《らんかく》のシンデレラ靴じゃなくて、鉄の靴でも履《は》かせたらいいのか？」

「ヴィクトールさんって時々、怪奇現象以上に私を驚かせてくれますよね」

「そもそもそのアンティークのブローチはなに？　オニキスか？」

「突然私のブローチを敵視しないでください。話が飛びすぎなんですよ！」

「皆、俺の知らないところで好き勝手な行動を取る」

憂鬱が駆け足で迫ってきた。ヴィクトールは一歩も動きたくない気分になった。

「杏だけじゃない。工房の職人たちも同罪だ」

「飛び火がすごいんですが……。小椋《おぐら》さんたちとなにかあったんですか」

腕の中に閉じ込めている杏が、かすかに心配そうな顔をしてヴィクトールを見つめる。余計なお世話だった。ヴィクトールが迎えに行くまで自分がどんな目に遭《あ》っていたのか、もう忘れたのか。

「工房前のオブジェが増やされた。今後も増えると宣言された。十三体まで増殖《ぞうしょく》するんだ」

「えっ、もしかしてあの妙なポーズで項垂れているペンギンシリーズのオブジェのことですか？　なんで十三体も？」

「妙なポーズなんかじゃない。最後の晩餐《ばんさん》の使徒のポーズを模倣《もほう》しているんだよ。……そんなことは今どうでもいい。俺がこれほど苦しんでいるんだぞ。ほら、君が好きな俺が。見惚《みと》れるのは後にして、いい加減抱きしめ返せよ。察しが悪いな」

男心がちっともわかっていないと蔑《さげす》めば、彼女は見事な皺《しわ》を眉間《みけん》に作って獣のように唸《うな》った。恋人を攻撃的な目で見るやつがどこにいる。素直に恥じらえないのだろうかとヴィクトールはひとしきり困惑した。

優しく抱きしめ合いたいと考える自分は絶対に間違っていない。それに、他の男に贈られたアクセサリーを堂々と身につけるのもあり得ない。意味もなく不機嫌になるわけがないだろうに。

恋愛に関する価値観は、ヴィクトールはいたって普通だ。そこがどうも彼女には伝わっていない。

「なに、そんなにブローチが好きだったの？」

「めちゃくちゃ私のブローチにこだわるじゃないですか……」

それのおよその価格が想像できるからだ。恋人を美しく飾り、輝かせるのも男の甲斐性《かいしょう》だと、知ってもいるからだ。そしてそれは、少しずつ教えて身に馴染ませていけばいいことだった。

ヴィクトールは、もぞもぞと落ち着きのない彼女を抱きしめ直した。

夜空をぼんやりと見上げるうちに、まあなんとかなるかという、自分にしては珍しく楽観的なゆるい考えが頭に浮かび上がってきた。

余白が生まれないくらいの楽しみを彼女に惜しみなく与え、心が幸福な思い出で埋め尽くされたら、もう後ろから仄暗い存在に手を引かれることだってなくなるだろう。それを、ヴィクトールだけが彼女にできる。

「杏は俺の手をこの先も摑み続けたほうがいいと思うよ」

ヴィクトールはしみじみと言った。

「それは、そうしますけれども！」

わけわかんないです、なんなんですか、と赤い顔で杏が文句を言う。

かわいい子だとヴィクトールはまたぞろ腹立たしくなった。もう人類が嫌いすぎるあまり、なにもかもが腹立たしい。

それでいて、すごく生きているなあという呑気《のんき》な実感が急に胸に湧き上がってきた。

どうせこの調子でおそらく明日も人類を憎《にく》み、腹を立てるだろう。鬱屈《うっくつ》もする。ヴィクトールは苦悩が趣味のひとつにもなっているので仕方がない。工房前に増えるオブジェを呪《のろ》わしく見つめ、恋人を愛し、椅子を作る。丁寧に、情熱のままに作る。百年後にも愛されるものを生み出す。職人としての誇りであり願望だ。ヴィクトールの愛の形でもある。だから彼女に作る。愛は、喜ばしい。それをヴィクトールは正しく知っている。利口《りこう》な自覚があるので、わかる。

椅子が関係するならつらい作業も耐え抜ける。が、ただ、小林春馬がまた夏頃にフェアをやろうと意欲的に提案してきていることが憂鬱でならない。あと、杏の母親の墓参りに同行しないと。

なんであれ椅子は偉大だ。新しく作るだけでなく、古い椅子の修理も楽しい。そこには人々の歴史が眠る。生活が、文化が垣間見《かいまみ》える。激動の過去が蘇《よみがえ》る。思いを馳《は》せれば、苦悩を一時遠ざけてくれる。夜明けを目前にしたような、澄んだ心持ちになる。

もうヴィクトールは一センチの誤差に怯えない。いや見栄を張った。まだ恐ろしい。だがいつかは怯えなくなるという予感がある。そう根拠《こんきょ》もなく信じられるのは、幸《さいわ》いなことだ。とても生きている。生きることは幸いなのだとヴィクトールは理解する。木板を削《けず》りたい。思考が分散してきた。悪い癖《くせ》だ。並行して考え込んでしまう。なんでも解剖《かいぼう》するように覗き込んで触れていかないと気がすまない。

なぜ杏はこんなに怒っているんだったか、とヴィクトールは意識を目の前に戻す。なんの話をしていたのか。自分のことを、わけがわからないと言われたんだっけ。わからないなら、毎日知っていけばいい。つまり、それは。

「別に。ただ馬鹿みたいに恋をしているだけだ」

ヴィクトールはそう返した。本当にそれだけのことだった。

あとがき

糸森　環

　本書をお手に取ってくださり、ありがとうございます。

　椅子職人シリーズ七作目です。主要登場人物はそのままに、基本的には一巻読み切り形式で進めたシリーズで、今作で完結となります。

　女子高生と偏屈《へんくつ》な椅子職人コンビによるオカルト事件簿ですが、毎巻どんな幽霊を出すかで楽しく悩みました。巻を重ねるにつれてじわじわと怖さを増していくような感じにしたいとも思いました。

　個人的には、中盤《ちゅうばん》でキャラクターが問題にぶつかり苦悩しながらも最後はぱあっと晴れやかに大団円という終わり方が好きでして、そんな巻にできていましたら嬉しいです。ホラー有《あ》りの小説なので、少し仄暗《ほのぐら》いエッセンスも残しつつですが。


　いくつか裏話をしたいと思います。多少最終巻のネタバレがあるかもしれませんのでご注意ください。

　完結巻ということで、メイン二人の背景を中心にしました。

　そして、ハッピーホラーで終わろうというのを心がけました。

最初の想定との変更点は、細かなところですが、本当は杏《あん》がスツールを自分の手で作るはずでした。しかしその巻での全体の流れを考えると、製作シーンを挟《はさ》むと焦点《しょうてん》が少しぼやけるかもと思い直し、先送りにしていたら最終的にヴィクトールが作るという形に変わりました。そのために杏がかなり不器用キャラになりました。

あとは、この巻を書いている途中、複数の靴《くつ》を履《は》いて椅子に座ったり、（毛布を下に敷いたのち）椅子ごと倒れてみたりと色々試しました。脚が壊れた椅子は修理して今も使用しています。

ヒールのある靴で早足で出入り口を行ったり来たりなども試したのですが、その時本当に段差に踵《かかと》を引っ掛けて膝を打ちました。傍《はた》から見るとただの不審者のような気がしてきました。

シリーズ全体で、椅子の他に靴も隠れ重要アイテムとして据《す》えていたのですが、この靴の扱《あつか》い方《かた》も最初に考えていたのとは多少変更しています。

もう少し童話といいますかシンデレラ要素を足そうと当初は思っていました。ところどころに童話要素の名残《なご》りがあるかもしれません。

各巻でメインにする椅子を変えているのですが、最終巻では長椅子を軸《じく》にする予定でした。

一巻プロットを考えていた時に迷っていたのは、最後に誰を幽霊だったことにするか、という点でした。杏の母親にするか、ヴィクトールにするかのどちらかで迷っていたのですが、これは早い段階で杏の母親にしようと決まりました。

もう少しダークホラー寄りなところでは、杏はずっと椅子に拘束《こうそく》状態であり、それぞれの幽霊が語り部的に様々な話をしにやってくる、それが小説としては杏の実体験的に進んでいく、というものだったのですが、これはプロット前に考え直しました。ハッピーホラーから遠ざかってはいけません。当初の名残りがコンビニ強盗と阿部《あべ》家、上田《うえだ》あたりの話です。

自分用のメモ書きには、この巻の書き下ろしにも出てくる『青い椅子』事件の生き残りの母親が、上田の親戚《しんせき》という設定になっていました。ハッピーホラーと強く念じます。

それから、椅子の脚と絡める形でもう少しパン屋を強めに出す予定でした。

ホラー展開の中に少しキュートさを入れようと頑張った結果がパンです。

あとは、小椋《おぐら》関連ももう少し詳《くわ》しく入れる予定でした。室井《むろい》に恋する設定の女性は当初、幽霊のはずでした。ここはホラーみを強くしようと思っていましたが、メイン軸《じく》との比較でさらっと流すほうに変えました。

一巻から登場させていた女性幽霊は、当初は杏側の関係者予定でした。

工房前にあるペンギンのオブジェを絡めたオカルト事件を差し込む予定でしたが、途中でいやこれは椅子との関連が遠くなると考え直しました。

色々と書きたいところがあって、その取捨《しゅしゃ》選択が悩ましくも楽しい小説でした。

謝辞です。

担当様には本当にお世話になりました。何度もご迷惑をおかけしてしまいましたが、ご縁をいただき、シリーズのラストまで見守ってくださって心から感謝しております。

各巻で諸々《もろもろ》ご助言をいただき、それが本当に嬉しかったです。自分だけでは気づけない、足りないというところがたくさんありました。全身全霊で、ありがとうございました‼

冬臣《ふゆおみ》様、イラストがもう本当に大好きで、シリーズを引き受けてくださってとても喜んでおりました。この雰囲気がはちゃめちゃに素敵なのです。どの巻のイラストも麗《うるわ》しいクラシックムードがあって拝見するたび惚《ほ》れ惚《ぼ》れし、歓喜していました。小説に魅力を与えてくださって本当に光栄でした！

編集部の皆様、校正さん、各関係者の方々にも厚くお礼申し上げます。皆様のおかげでエンドまで漕《こ》ぎ着《つ》けることができました。お話を書かせてくださってありがとうございました。家族と知人方にも感謝を捧《ささ》げます。

読者様、オカルティック・ラブな内容を目指しましたが、ちょっと怖かった！　とドキドキハラハラしていただけましたでしょうか？　面白《おもしろ》い小説だったと思っていただけましたらそれが一番の喜びです。
最後に、完結までお付き合いくださりありがとうございました。

【参考文献】

『手づくりする木のスツール』西川栄明（誠文堂新光社）
『英国のインテリア史』トレヴァー・ヨーク／村上リコ・訳（マール社）
『ヴィクトリア朝百貨事典』谷田博幸（河出書房新社）
『木工機械の活用と技法』手柴正範（誠文堂新光社）
『名作椅子の解体新書』西川栄明／坂本茂（誠文堂新光社）
『一生ものの家具と器』西川栄明（誠文堂新光社）
『西洋骨董鑑定の教科書』ジュディス・ミラー／日本語版監修：岡部昌幸／日本語版監修協力：河合恵美／大浜千尋・訳（パイ インターナショナル）
『西洋建築の歴史』佐藤達生（河出書房新社）
『椅子』井上昇（建築資料研究社）

WINGS・NOVEL

【初出一覧】
君のための、恋するアンティーク：WEB小説ウィングス '23年6～11月配信
戯れる春の下で：書き下ろし

この本を読んでのご意見、ご感想などをお寄せください。
糸森 環先生・冬臣先生へのはげましのおたよりもお待ちしております。
〒113-0024　東京都文京区西片2-19-18　新書館
[ご意見・ご感想] 小説Wings編集部「椅子職人ヴィクトール＆杏の怪奇録⑦　君のための、恋するアンティーク」係
[はげましのおたより] 小説Wings編集部気付○○先生

椅子職人ヴィクトール＆杏の怪奇録⑦
君のための、恋するアンティーク

著者：**糸森 環** ©Tamaki ITOMORI
初版発行：2024年6月25日発行

発行所：株式会社 新書館
［編集］〒113-0024　東京都文京区西片2-19-18　電話 03-3811-2631
［営業］〒174-0043　東京都板橋区坂下1-22-14　電話 03-5970-3840
［URL］https://www.shinshokan.co.jp/

印刷・製本：加藤文明社

ISBN978-4-403-54249-7 Printed in Japan

SHINSHOKAN

ウィングス文庫＆ウィングス・ノヴェル

糸森 環 Tamaki ITOMORI	「椅子職人ヴィクトール&杏の怪奇録 全7巻」イラスト:冬臣
嬉野 君 Kimi URESHINO	「パートタイム・ナニー 全3巻」イラスト:天河 藍 「ペテン師一山400円」イラスト:夏目イサク 「金星特急 全7巻」イラスト:高山しのぶ 「金星特急・外伝」 「金星特急・番外篇　花を追う旅」 「異人街シネマの料理人 全4巻」イラスト:カズアキ 「弾丸のデラシネ 全2巻」イラスト:夏目イサク 「続・金星特急　竜血の娘①～④」イラスト:高山しのぶ
甲斐 透 Tohru KAI	「月の光はいつも静かに」イラスト:あとり硅子 「金色の明日 全2巻」イラスト:桃川春日子 「双霊刀あやかし奇譚 全2巻」イラスト:左近堂絵里 「エフィ姫と婚約者」イラスト:凱王安也子
駒崎 優 Yu KOMAZAKI	「シャーウッド㊤㊦」イラスト:佐々木久美子
河上 朔 Saku KAWAKAMI	「ガーディアンズ・ガーディアン 全3巻」イラスト:田倉トヲル 「声を聞かせて 全3巻」イラスト:ハルカゼ
篠原美季 Miki SHI	「琥珀のRiddle　全5巻」イラスト:石据カチル 「倫敦花幻譚 全5巻」イラスト:鳥羽 雨
縞田理理 Riri SHIMADA	「霧の日にはラノンが視える 全4巻」イラスト:ねぎしきょうこ 「裏庭で影がまどろむ昼下がり」イラスト:門地かおり 「モンスターズ・イン・パラダイス 全3巻」イラスト:山田睦月 「竜の夢見る街で 全3巻」イラスト:樹 要 「花咲く森の妖魔の姫」イラスト:睦月ムンク 「ミレニアムの翼 ―320階の守護者と三人の家出人― 全3巻」イラスト:THORES柴本 「ペテン師ルカと黒き魔犬㊤㊦」イラスト:まち 「不死探偵事務所」イラスト:如月弘鷹 「新・霧の日にはラノンが視える」イラスト:ねぎしきょうこ
菅野 彰 Akira SUGANO	「屋上の暇人ども①～⑤」イラスト:架月 弥(⑤は上・下巻) 「海馬が耳から駆けてゆく 全5巻」カット:南野ましろ・加倉井ミサイル(②のみ) 「HARD LUCK①～⑤」イラスト:峰倉かずや 「女に生まれてみたものの。」イラスト:雁須磨子 「彼等のワンピース」イラスト:山田睦月
菅野 彰×立花実枝子 Akira SUGANO× Mieko TACHIBANA	「あなたの町の生きてるか死んでるかわからない店探訪します」

津守時生 Tokio TSUMORI	「三千世界の鴉を殺し①〜㉓」 ①〜⑧イラスト:古張乃莉(①〜③は藍川さとる名義)　⑨〜㉓イラスト:麻々原絵里依 「三千世界の鴉を殺し SEQUEL ①」イラスト:麻々原絵里依
春奈 恵 Megumi HARUNA	「作家令嬢と書庫の姫〜オルタンシア王国ロマンス〜 全4巻」イラスト:雲屋ゆきお
前田 栄 Sakae MAEDA	「リアルゲーム 全2巻」イラスト:麻々原絵里依 「ディアスポラ 全6巻」イラスト:金ひかる 「結晶物語 全4巻」イラスト:前田とも 「死が二人を分かつまで 全4巻」イラスト:ねぎしきょうこ 「THE DAY Waltz 全3巻」イラスト:金色スイス 「天涯のパシュルーナ①〜④」イラスト:THORES柴本
麻城ゆう Yu MAKI	「特捜司法官S-A 全2巻」イラスト:道原かつみ 「新・特捜司法官S-A 全10巻」 「月光界秘譚 全4巻」イラスト:道原かつみ 「月光界・逢魔が時の聖地 全3巻」 「仮面教師SJ 全7巻」イラスト:道原かつみ 「人外ネゴシエーター①〜③」イラスト:道原かつみ
真瀬もと Moto MANASE	「シャーロキアン・クロニクル 全6巻」イラスト:山田睦月 「廻想庭園 全4巻」イラスト:祐天慈あこ 「帝都・闇烏の事件簿 全3巻」イラスト:夏乃あゆみ
三浦しをん Shion MIURA	「妄想炸裂」イラスト:羽海野チカ
村田 栞 Shiori MURATA	「オーディンの遺産 全3巻」イラスト:鈴木康士
和泉統子 Noriko WAIZUMI	「姫君返上! 全5巻」イラスト:かわい千草 「花嫁失格!? —姫君返上! 外伝—」 「花嫁合格! —姫君返上! 番外篇—」 「舞姫はじめました 〜恋も奇跡も氷の上〜」イラスト:まち 「青薔薇伯爵と男装の執事 全2巻」イラスト:雲屋ゆきお 「青薔薇伯爵と男装の執事 番外篇〜完璧な大団円、しかしてその後の百花繚乱は〜」 「帝都退魔伝〜虚の姫君と真陰陽師、そして仮公爵〜㊤㊦」イラスト:高星麻子 「ミルナート王国瑞奇譚㊤㊦」イラスト:鳴海ゆき 「敵国の捕虜になったら、なぜか皇后にされそうなのですが!?」イラスト:北沢きょう
渡海奈穂 Naho WATARUMI	「夜の王子と魔法の花」イラスト:雨隠ギド 「死にたい騎士の不運〈アンラッキー〉」イラスト:おがきちか 「伯爵令嬢ですがゾンビになったので婚約破棄されましたシリーズ 全2巻」イラスト:夏乃あゆみ 「けものの耳は恋でふるえる」イラスト:びっけ

電子書店にて
好評発売中!!

ウィングス文庫
電子書籍オリジナル

河上 朔
Saku KAWAKAMI

「ガーディアンズ・ガーディアン
番外篇 彼と彼女と幸いの呪い」
イラスト：田倉トヲル

小林典雅
Tenga Kobayashi

「至誠館青春譜」
イラスト：北畠あけ乃

縞田理理
Riri SHIMADA

「トロイとイーライ」
全２巻
イラスト：
ねぎしきょうこ

縞田理理
Riri SHIMADA

「皇帝陛下とお毒味役の
異世界漫遊グルメ旅①」
イラスト：越田うめ

宮緒 葵
Aoi MIYAO

「虎は翼に愛される」
イラスト：小山田あみ

和泉統子
Noriko WAIZUMI

「ミルナート王国瑞奇譚 番外篇
男嫌いな伯爵令嬢と
女性が苦手な〈魔獣使い〉」
イラスト：鳴海ゆき

渡海奈穂
Naho WATARUMI

「星喰いの魔女」
イラスト：椎名咲月

本好き女子のための、
ウェブ・マガジン
WEB小説ウィングス

毎月10日更新 全部無料！

◆ホームページ◆ https://www.shinshokan.com/nwings

◆X(旧twitter)◆ @Wings_Official